찾아주셔서 감사합니다
2021년 여름

코믹 헤븐에 어서 오세요

코믹 헤븐에 어서 오세요

박서련 짧은 소설

최산호 그림

마음산책

박서련

1989년 철원에서 태어났다. 2015년 〈실천문학〉 신인상을 수상하며 작품 활동을 시작했다. 지은 책으로 장편소설 『체공녀 강주룡』 『마르타의 일』 『더 셜리 클럽』, 소설집 『호르몬이 그랬어』 등이 있다. 테마소설집 『서로의 나라에서』 『그래서 우리는 사랑을 하지』 등에 참여했다. 한겨레문학상과 젊은작가상을 받았다.

코믹 헤븐에 어서 오세요

1판 1쇄 인쇄 2021년 8월 15일
1판 1쇄 발행 2021년 8월 20일

지은이 | 박서련
그린이 | 최산호
펴낸이 | 정은숙
펴낸곳 | 마음산책

편집 | 권한라 · 성혜현 · 김수경 · 이복규 디자인 | 최정윤 · 오세라
마케팅 | 권혁준 · 권지원 · 김은비 경영지원 | 박지혜

등록 | 2000년 7월 28일(제13-653호)
주소 | (우 04043) 서울시 마포구 잔다리로 3안길 20
전화 | 대표 362-1452 편집 362-1451 팩스 | 362-1455
홈페이지 | www.maumsan.com
블로그 | blog.naver.com/maumsanchaek
트위터 | twitter.com/maumsanchaek
페이스북 | facebook.com/maumsan
인스타그램 | instagram.com/maumsanchaek
전자우편 | maum@maumsan.com

ISBN 978-89-6090-688-4 03810

* 책값은 뒤표지에 있습니다.

그게 그렇게 중요한 일인가?
중요하지 않은 건 하나도 없어.

작가의 말

굳이 공통점을 꼽자면 이 정도 분량 안에서 심각한 얘기를 하기는 쉽지 않겠지, 라는 생각을 하며 쓴 소설들이다. 귀엽고 재미있게 읽히기를 바라면서.

늘 밝은 사람은 아니어서 본의 아니게 우울함을 묻혀놓은 부분들도 있다. 그런 부분을 발견하신다면 보물찾기에서 특별 상품을 찾아낸 것처럼 여겨주시기를.

그렇지만 함량을 따지자면 잘 보이고 싶다는 사심이 아마도 가장 진할 것이다. 누구에게? 아마도 당신에게.

쑥스러우니까 방금 그 말은 못 들은 걸로 하세요.

2021년 여름

박서련

차례

"저 그냥 여기 있을게요. 여기까지 물 차기 전에는 구조되겠죠."

"그렇겠죠?"

코믹 헤븐에 어서 오세요

그만둘 거야. 진심. 하루 이틀 하는 생각도 아니지만 이번엔 진짜로. 생각난 김에 지금 사장한테 문자 보내놔야겠다. 언제 나타날지도 모르는 인간이니 예의 차린답시고 얼굴 들이밀 때까지 기다렸다 말할 필요는 없겠지.

대걸레를 물통에 팍 꽂아 넣고 앞치마 주머니를 더듬어 핸드폰을 찾았다. 사장 번호를 검색하던 참에 찰랑, 하고 도어 차임이 울렸다. 핸드폰을 다시 주머니에 넣고 접객 지침대로 인사했다.

"환영합니다. 코믹 헤븐입니다."

손님은 젖은 우산을 들고 있었다. 밖에 비 오나? 망할. 우산 커버랑 두꺼운 도어매트 꺼내야 하잖아. 퇴근 전에는 그쳐야 할 텐데. 나 우산 없다고…….

손님은 후드를 벗으며 매장 안을 두리번거렸다. '코믹 헤븐'에 온 것이 처음인 모양이었다. 처음 온 손님들의 반응은 대체로 비슷했다. 지하에 이렇게 넓고 으리으리한 만화 카페가 있을 줄 몰랐다는 듯 신기해하는 표정. 그러고는 대체로 그냥 책장이나 좌석으로 직행한다. 오늘의 손님 역시 예외가 아니었다. 물이 뚝뚝 떨어지는 젖은 우산을 들고 망설임도 없이 책장을 향해 걸었다.

"고객님, 이쪽으로 오셔서 이용권 가격 확인하세요."

"선불이에요?"

"아뇨, 이용하실 시간 미리 확인하시고 이거 받아 가시면 되세요. 이용 시간하고 식료 가격은 여기에 자동으로 등록되니까 나가실 때 결제하면 되고요."

나는 손님을 카운터로 안내해 NFC키를 보여주었다.

"저쪽에 사물함 보이시죠? 가방 사물함에 넣고 열쇠 가져오시면 이걸로 바꿔드려요."

"뭐가 이렇게 복잡해."

손님의 혼잣말이 똑똑히 들렸지만 그냥 생글생글 웃고 있었

다. 우선 시스템이 복잡하다는 말을 하는 사람은 이 손님이 처음이 아니고, 그건 딱히 욕도 아니며, 무엇보다 나를 두고 하는 말이 아니어서 기분 상할 필요가 없었다. 그런데도 기분이 나쁜 건 대체 왜일까. 내가 이 빌어먹을 일터와 나를 동일시하고 있다는 증거겠지.

손님은 투덜거리면서도 가방을 사물함에 넣고 열쇠를 뽑아 카운터로 돌아왔다. 나는 사물함 열쇠를 받고 만 원짜리 야간 이용권이 등록된 NFC키로 교환해주었다. 봐, 이게 뭐가 복잡해. 찜질방에서 신발장 열쇠랑 옷장 열쇠를 교환해주는 거하고 똑같다고요.

"자리는 아무 데나 앉으면 되나요?"

"네, 오전 열 시까지 공간 사용 자유롭게 하시면 되세요. 화장실은 계단석 맨 위로 올라가신 다음 쭉 가셔서 왼편으로 꺾으면 있고요, 계단석에는 좌석마다 컴퓨터가 있는데 이것도 무제한 사용 가능하고요. 담요는 좌석에 있는 걸로 모자라시면 카운터 옆에서 더 가져가셔도 돼요."

2인석 하나에 컴퓨터가 한 대씩 놓인 계단석은 야간 이용권 매출의 최대 공신이었다. 중고등학생이나 대학생 손님들이 2인석에 서너 명씩 모여 앉아 만화는 제쳐두고 넷플릭스나 왓챠로 영화를 틀어둔 채 라면을 시켰다. 예전에는 대학생들이 밤샘 과제를 하러 오기도 했다는 모양이다. 서울에 있는 '진짜' 대학로하고는 비교가 안 되겠지만 여기도 어쨌든 '대학로' 상권이니까. 코로나바이러스의 대유행 이후로는 그것도 옛날이야기가 되었지만.

손님은 시미즈 레이코의 『월광천녀』 1권부터 10권까지를 뽑아 계단석 가운뎃줄 왼편에 앉았다. 한 번에 한 권씩 가져가라는 안내문이 책장마다 붙어 있지만 그걸 지키는 사람은 거의 없었다. 그래도, 그나마, 정말 만화를 보러 온 사람이구나 싶어 조금 반가운 마음이 들었다. 난 또 비나 피하러 들어온 줄 알았지. 대학생 고객이 거의 끊긴 이후로는 야간 이용권 이용객이 대폭 줄었을뿐더러, 작정하고 찾아오는 중고등학생들이 아니면 잠만 자러 오는 사람이 대부분이었기에 오늘의 손님도 그런 사람인 줄 알았다. 다락 좌석은 딱 슈퍼싱글 침대만 한 사이즈로 되어 있지만 모텔보다는 저렴하고 찜

질방보다는 덜 부산하며 피시방과 달리 누울 수 있으니까. 따지고 보면 일하는 사람 입장에서는 잠만 자고 가는 사람이 만화를 보는 사람보다 손이 훨씬 덜 가는데도, 잠만 자는 손님은 어쩐지 달갑지 않았다.

카운터 하부 장에서 우산 커버와 도어매트를 꺼내 입구에 배치하고 빗물 자국이 남은 바닥을 다시 닦은 다음 대걸레를 빨아 제자리에 걸어두었다. 그러는 사이 손님은 『월광천녀』 3권을 펼치고 있었고 시간은 막 열두 시를 넘기는 참이었다. 앞으로 서너 시간은 손님이 다 보고 쌓아둔 책을 눈치껏 정리하는 것 말곤 할 일이 없을 예정이었다. 앞치마 주머니에 넣어둔 핸드폰이 치르르 울렸다.

쿄님

오드 하실래요?!!

트위터에서 만난 고등학생이 보낸 메시지였다. 잠깐 고민하다가 답장을 보냈다.

저 접속은 할 수 있는데

그리진 못할 것 같아요ㅠㅠ

오드는 오픈 드로잉의 줄임말이다. 최대 4인까지 온라인으로 동시접속해 다 같이 그림을 그릴 수 있는 어플. 보통은 2초에서 5초 정도 싱크 차이가 나지만 인터넷이 불안정한 상태에서는 상대방의 그림이 한참 보이지 않다가 갑자기 슥슥슥 획이 추가되는 것도 볼 수 있다. 우리는 그걸 고드, 고스트 드로잉이라고 불렀다.

또요? 아쉽…….

그럼 일단 접속 코드만 보내드릴게요ㅜㅜ

손님이 하나뿐인 메인홀과 카운터 하부 장 위에 올려둔 아이패드를 번갈아 보면서 나는 한숨을 쉬었다. 아이패드는 지난달에 3개월 할부로 산 것이었다. 엄마 신용카드로 대신 긁고 엄마한테 다달이 대금을 갚는 식으로. 적어도 할부가 끝날 때까지는, 이라고 생각하니 눈앞이 캄캄해졌다.

말하자면 아이패드 구입이야말로 내가 이 일을 계속해야 하는 이유였지만, 한편으로 이 일을 그만둬야겠다고 마음먹게 한 계기이기도 했다.

코로나 때문에 이 동네 대학로 상권이 팍 죽어버린 이후로도 24시 만화 카페 코믹 헤븐은 영업을 계속했다. 야간 손님이 한둘밖에 없거나 전혀 오지 않는 날이 이어져도 야간 영업까지 고집스럽게 이어갔다. 낮 타임에는 여전히 손님이 적지 않은 모양이라 별로 상관없지만, 나 같으면, 야간 영업은 임시로 줄이거나 할 텐데. 사장이 왜 그러는가는 차치하고, 어떻게 그럴 수 있는가는 자명했다. 건물주가 자기니까 인건비 말고는 딱히 손해나는 부분이 없는 것이었다. 뭐 나한테는 잘된 일이라고 생각했다. 손님이 적어지니 꿀알바도 이런 꿀알바가 없었다. 낮 타임 근무자와 교대해서 출근하고, 청소 한두 번 하고, 내 할 일 하다가 오전 타임 근무자와 교대해서 퇴근하면 끝.

너무 할 일이 없어서 심심한 게 문제라면 문제였다. 밤샘이 워낙 익숙해서 주말 동안 낮밤을 바꿔 생활하는 것 정도는 큰

무리가 없었지만 시간이 아깝기도 했다. 애초에 휴학을 하고 고향에 돌아온 것은 이런 아르바이트를 하기 위해서가 아니라 그림 그릴 시간을 늘리기 위한 것이었다. 손 풀이용 크로키부터 포트폴리오용 일러스트까지, 학교 과제 때문이 아니라 내가 좋아서 그리는 그림을 마음껏 그릴 시간을 갖기 위해서.

계획보다 조금 일찍 아이패드를 산 것은 그래서였다. 아르바이트를 해서 모은 돈으로 아이패드를 사고 돈이 남으면 복학해서 용돈으로 쓸 생각이었는데, 순서를 조금 바꿔서 아이패드를 먼저 산 다음 복학할 때까지 일해서 아이패드값을 갚고 돈이 더 모이면 용돈으로 삼는 것으로. 그러면 근무 중에도 틈틈이 아이패드로 그림을 그릴 수 있으니까. 처음엔 한 달 일하면 아이패드 한 대 정도는 충분히 살 수 있겠거니 생각했지만 주말 야간 근무만으로는 무리였다. 휴학한 동안에는 용돈을 받지 않기로 한 터여서 더욱 그랬다.

쿄님

들어오세용!!

나는 CCTV를 한번 쳐다보고 아이패드에 접속 코드를 입력했다. 친구가 열어둔 비밀 캔버스의 접속 인원은 나까지 세 명이었고, 두 명이 내 자리를 비워둔 채 스케치를 하고 있었다.

아르바이트를 시작한 지 만으로 3개월 2주 만에 아이패드를 손에 넣었을 때는, 물론 기뻤다. 잠버릇이 험하지만 않았다면 잘 때도 껴안고 자고 싶을 만큼 좋았다. 아이패드로 그리는 그림은 손 그림과는 물론 학교에서 공용으로 쓰는 액정 타블렛과도 묘하게 다른 맛이 있었다. 당연히 제일 먼저 설치한 어플은 오픈 드로잉이었다. 같은 만화를 좋아하는 트위터 친구들과 함께 매일 밤 오드 파티를 벌였다. 평일 밤에는 물론이고 근무 중일 때도 손님이 드물다 싶으면 그림을 그렸다.

한밤중에 갑자기 사장의 전화를 받은 것은 7월 마지막 주 토요일 밤 일이었다.

"너 뭐하냐?"

"근무 중인데요."

고등학생으로 보이는 손님에게 명란크림우동을 갖다주고 돌아와 아이패드를 잡은 채로 받은 전화였다. 손님은 그 고등학생 하나뿐이었고 음식을 치울 때까지는 별로 할 일이 없는 상태였다.

"그림 잘 그리네?"

순간 소름이 쫙 돋았다. 매장에는 CCTV 카메라가 있고, 사장이 그걸 볼 수 있다는 사실을 알았지만 실시간으로 보고 전화까지 할 줄은 몰랐다. 내가 뭔가 크게 사고를 치거나 근무지를 이탈하지 않는지 정도나 확인할 줄 알았지, 그림을 그리고 있다고 전화를 받을 줄은. 아르바이트를 시작할 때, 손님이 없으면 개인적으로 공부 같은 걸 해도 괜찮다고 한 건 사장이었다. 전임자도 틈틈이 한국사 자격증 공부를 했고 결국 합격해서 자격증을 땄다고 자기 자랑인 양 말했다.

"죄송합니다."

얼떨떨한 와중에도 나는 사죄부터 했다. 사장은 손님 앞에서 뭐하는 짓이냐느니 차라리 공부를 하라느니 앞뒤가 안 맞는 잔소리를 늘어놓다가 전화를 끊었다. 통화가 끝나고 나니 화가 나기 시작했다. 나는 이게 전공이고 이게 공부인데, 무슨 공부를 '차라리' 하라는 거지? 감시를 하고 싶으면 자기도 출근을 하든가 하지, 매장에 코빼기도 안 비치면서 CCTV로 직원을 감시하고 전화하는 건 또…… 뭐 하는 짓이지? 같이 오드를 하던 친구들에게 그만해야 할 것 같다고, 미안하다고 메시지를 남기고 아이패드를 가방에 넣었다. 생각할수록 내가 잘못한 것인지 사장이 잘못한 것인지 헷갈렸고, 생각을 거듭하는 동안에 화는 차츰 가라앉았다. 퇴근할 무렵, 물에 헹궈 체에 받쳐 올린 면처럼 맑게 떠오른 생각 한 줄기가 있었다. 아, 때려치워야겠다!

만화를 보거나 그리는 일 빼고 모든 것을 다 해야 하는 24시 만화 카페에서 일하려던 것은, 자아실현이라든가 인격도야 같은 거창한 목표를 위해서가 아니었다. 그냥 돈이 필요해서 일을 해야겠는데 이 일은 비위에 안 맞지 않으니까 해도 되겠다, 정도였지. 지나고 보니 그게 무슨 상관이었나 싶지만, 구인 광고에 만화를 좋아하는 사람을 우대한다고 쓰여 있기도 했다. 일을 시작하고 보니 만화를 얼마나 좋아하는지 같은 것은 별로 중요하지 않았다. 오히려 만화를 좋아하면 손해였다. 『나루토』나 『슬램덩크』 같은 인기 만화는 남자 새끼들이 코딱지나 처묻히면서 보고 여자애들은 절판된 BL만화 같은 걸 저 혼자 보려고 책장 틈에 숨겨놓고, 책 도둑은 말도 못 하게 많았다. 도둑질을 못 하게 하려고 가방은 사물함에 넣어두도록 하는 것인데 무슨 재주로들 그렇게 절묘하게 훔쳐 가는지. 만화를 좋아하는 사람일수록 더더욱 만화 카페를 차려서는 안 되고, 만화 카페에서 일해서도 안 된다. 너무 스트레스를 받아서 병이 날 수도 있다. 그런 점에서 내가 사장이라 부르는 사람이 만화 카페를 경영하는 것은 아주 말이 되는 얘기였다. 사장은 만화를 좋아하기는커녕 전혀 이해하지 못하는 인간이니까. 그저 이게 지방 대학로에서 젊은이들의 돈을 긁어모을 만한 사업 아이템으로 보여서 마음이 동한 것일 테니까.

그만두겠다는 마음은 진작에 먹었지만 다달이 빠져나갈 아이패드값을 다 해결하기 전까지는 어쩔 수 없었다. 다만 퇴사 프로세스에 대해서는 자주 떠올려보았다. 우선 내가 봤던, 이미 구인 기한이 만료된 구인 광고를 다시 확인하여 시급이나 근무 조건을 캡처해두었고, 사장에게는 문자를 보낼 생각이었다. 그나마 덜 언짢은 날에는 드릴 말씀이 있으니 매장에 한번 들러달라고 예의 바르게 부탁해야겠다는 생각을 했지만 기분을 잡친 날에는 그냥 저 그만둘게요, 이런 문자 한 통 보내두고 잠수를 타버리고 싶은 충동을 느꼈다.

물론 나도 사회생활이 뭔지 어렴풋이는 아는 인간이니 그만둔다고 말한다고 해도 당연히 후임이 정해지고 나름대로 인수인계를 할 때까지는 출근할 작정이지만, 그렇지만, 누가 또 여기서 일을 한다고 하겠어. 코로나 때문에 개강도 제대로 못한 대학로에 있는 만화 카페. 나 말고 다른 스태프들은 모두 이 근처에 있는 대학에 다니고, 고향 본가에 가기 싫거나 가지 못하는 각자의 사정 탓에 계속 일을 하고 있었다. 그나마 그만둔다는 생각을 할 수라도 있는 건 내 형편이 조금이나마 낫다는 의미였다.

"여기 흡연실은 어디에요?"

"계단석 맨 위로 올라가셔서 복도로 쭉 가시고, 오른쪽 보시면 흡연실이에요."

아, 담배 피우는 사람이네. 딱히 나한테 잘못한 것 없는 손님이 또 미워졌다. 이 한 사람 때문에 우산 커버랑 매트 꺼낸 것도 모자라 또 이 한 사람 때문에 재떨이 비우러 흡연실에 들어

가야 하다니. 다 좋으니까 먹을 건 시키지 마라. 만화 보러 왔으면 만화만 보고 집에 가라. 웃으면서 말하려고 노력했지만 내 표정이 생각처럼 밝지는 않았는지, 손님은 어쩐지 자꾸 나를 돌아보면서 흡연실로 올라갔다.

손님이 흡연실로 떠난 후에 나는 CCTV와 아이패드를 또 한 번 번갈아 보았다. 아이패드 화면 속에서 그려지는 두 개의 스케치는 이제 거의 분명한 형태를 갖추고 있었다. 비 때문에 인터넷 연결이 불안정한지 고드 현상이 이따금 일어났다.

공식적으로 나의 직함은 스태프가 아니고 매니저였다. 들어오기는 스태프로 들어왔지만 지난달에 승급했다. 일한 지 반년인 내가 제일 고참이 된 게 그달부터였기 때문이다. 급여는 월 5만 원 정도 올랐지만 하는 일은 전혀 변하지 않았다. 내가 하는 일은 '전부 다'라고 할 수 있었다. 음료 제조는 물론 명란크림우동도 만들고 볼로네제스파게티도 만들고 해장라면도 끓여야 하며 플로어 청소는 물론 화장실과 흡연실도 청소해야 했다. 당연히 책 정리가 주 업무일 거라 믿고 들어왔는데, 주 업무가 아닌 것은 물론 그건 전혀 일도 아닌 점이 정말 이상했다. 학기 중에 잠깐 하던 편의점 아르바이트에서는 손님 응대가 제일 큰일일 거라고 생각했지만 사실은 손님 응대보다 물품 재고 정리가 훨씬 중요한 일이었던 것처럼.

"저기요."

손님은 안절부절못하며 카운터로 다가왔다. 흡연실에 간 김에 화장실에도 들렀는지 손이 젖은 채였다.

"화장실에서 물 넘치는 것 같은데요."

"변기가 막혔다고요?"

휴지를 얼마나 처넣었길래? 변기에 이물질 넣지 말라고 온 사방에 코팅까지 한 안내문을 붙여뒀지만 아무 소용이 없었다. 손님이 한 명뿐이어서 범인도 뻔한 일이었다.

"그게 아니라요, 물이 넘쳐서 앉을 수도 없어요."

손님은 내가 무슨 생각을 하는지 알았다는 듯 덜 마른 손으로 손사래를 쳤다.

"네, 제가 한번 확인해볼게요."

물이 넘치는 게 사실이라면 내가 확인하는 것만으로 해결될 만한 일이 아니지만 나는 일단 그렇게 말했다. 내 자신만만한 대답이 위안이 되었는지 손님은 『월광천녀』 11권부터 27권까지를 몽땅 꺼내 자리로 돌아갔다.

계단석을 지나 화장실에 가보니 과연 변기에서 물이 넘치고 있었다. 남녀 공용 화장실의 변기 두 개 모두에 물이 꽉 차 있었고 바닥까지 찰랑찰랑 흘러넘치고 있었다. 그걸 보니 별로 급하지도 않던 볼일이 갑자기 마려운 느낌이 들었다. 이건 기분 탓이다, 스스로 최면을 걸면서 앞치마 주머니에서 핸드폰을 꺼냈다. 사장은 통화 시도 두 번 만에 전화를 받았다.

"사장님, 화장실 변기에서 물이 넘쳐요. 두 개 다요."

"비 와서 물탱크에 뭐 문제 생겼나 보다. 일단 알겠어."

"그럼 지금 뭐 아무것도 못 하나요?"

"야, 내가 지금 뭘 어떡하겠냐. 많이 넘쳐?"

"화장실 바닥이 물바다예요."

"그럼 화장실 문을 열어놔."

"메인홀에 흐르면 어떡하죠?"

"그러라고 열어놓으라는 거 아냐. 에어컨 켜놔서 제습되잖아? 문 닫아놓는 것보다 그게 빨리 마르겠지."

전화를 끊고 카운터로 돌아와서 에어컨을 제습 모드로 돌렸다. 딱히 달라지는 것 없이 물이 졸졸 흘러 계단을 타고 내려왔다. 밖에 비 좀 심각하게 오나 보네, 어떡하지. 손님은 만화책에 완전히 집중한 모양이었고 퇴근까지 남은 시간은 여섯 시간 정도였다. 다시 화장실로 올라가 고무장갑을 꼈다. 혹시나 싶어서 평소엔 신지 않던 청소용 고무장화까지 꺼내 신었다. 압착기로 변기 구멍을 뚫으려고 해봤지만 커다란 기포만 펑펑 올라오고, 변기 수위는 거의 변하지 않았다.

나는 변기솔과 압착기를 내려놓고 고무장갑과 고무장화 차림 그대로 메인홀로 나갔다. 줄줄 흘러내리는 물을 따라 계단을 내려가, 만화 카페 출입구를 지나서, 다시 계단을 올라가 건물 밖으로 나갔다. 건물 중앙 현관문을 열자 여러 사람이 소리를 지르는 것처럼 우렁찬 빗소리가 들렸다. 비가 오는 게 아니라 하늘에서 물을 쏟고 있는 것 같았다. 빗줄기가 빽빽해서 앞이 잘 보이지 않았지만, 내가 잘못 본 게 아니라면, 길 맞은편 가게의 간판이 비바람에 떨어져 나간 상태였다. 나는 황급히 문을 닫고 다시 계단을 내려왔다. 계단석 가운뎃줄에 앉아 있

는 손님에게 말을 걸었다. 무슨 말을 해야 하는지, 무슨 말을 하고 있는지도 모르고 횡설수설했다.

"고객님. 밖에 비가 많이 와서 그런지 화장실 물이 안 빠져요. 이대로면 이쪽도 침수될 것 같고요. 죄송하지만 오늘은 일찍 돌아가셔야 할 것 같아요."

"저는 갈 데가 없어요."

손님은 진심으로 당황한 것처럼 보였다.

"저 여기 안 살거든요. 고속버스 오전 차 예매해놨고, 그때까지 갈 데 없어요. 비 많이 오길래 일부러 만화 카페 검색해서 온 거고요."

그건 나까지도 말문이 막히게 하는 이야기였다. 차라리 여기 있는 게 나을 거라고 생각해서 왔더니 나가라니 무슨 말이냐는 것은. 나도 그렇고 손님도 그렇고, 나가서 어디로든 가는 편이 안전할지, 여기 있는 편이 안전할지 헷갈렸다.

"잠시만 기다려주세요……."

나는 사장에게 전화를 걸었다. 두 번, 세 번, 몇 번을 다시 걸어도 사장은 전화를 받지 않았다. 중간부터 통화 연결음이

묘하게 짧아진 걸 보면 아예 전원을 끄고 자고 있는 걸지도 몰랐다.

계단을 뛰어올라가 화장실 문을 닫고 다시 내려왔다. 화장실에서 흘러나온 물이 전부가 아니었는지, 어디에서 물이 새는지 메인홀 바닥에도 어느덧 찰랑찰랑 물이 차 있었다. 나는 진열대에 놓인 과자를 품에 안을 수 있는 만큼 들고, 목숨처럼 소중한 아이패드까지 챙겨 계단석으로 올라갔다. 물이 더 차오르지 않는다면 다행이겠지만 만약 벽면 콘센트까지 차오른다면 전류가 흘러 매우 위험해질 수도 있는 상황이었다. 물끄러미 나를 쳐다보는 손님의 얼굴에는 만화 카페 알바생이 갑자기 집에 가라고 하질 않나, 간식을 들고 손님 자리로 오질 않나, 이 모든 상황에 대한 당황이랄지 경악이랄지, 그런 감정이 덕지덕지 묻어 있었다.

"일단 지금 119에 전화해볼게요. 그런데 비가 이 정도로 온다면 아마 여기만 난리인 게 아닐 거라서 데리러 올 때까지 좀 시간이 걸릴지도 몰라요."

나는 손님 앞에 초콜릿바와 감자칩을 우르르 내려놓으며 말했다. 손님은 겁먹은 얼굴로 고개를 끄덕였다.

“계단석까지 물이 차려면 그래도 꽤 걸릴 것 같지만 혹시 더 빨리 물이 찬다면 다락으로 올라가면 될 거예요. 다락은 그래도 복층이라 지면보다 조금 높거든요. 혹시 가고 싶으시면 지금 나가시는 게 나아요. 콘센트까지 침수되기 전에…….”

말하다 말고 나는 아이패드를 내려다보았다. 두 사람이 그린 그림은 밑채색 단계에서 멈춰 있었다. 인터넷이 아예 끊어진 모양이었다. 그나마 비상식량도 있고 좋아하는 만화도 있어서 다행이라고 해야 할까. 인터넷도 끊기고 전기도 쓸 수 없게 되어 반은 무용지물이지만 아이패드도 있고. 손님도 비슷한 생각을 한 모양이었다.

“저 그냥 여기 있을게요. 여기까지 물 차기 전에는 구조되겠죠.”

“그렇겠죠?”

나는 계단석을 향해 놓인 CCTV를 바라보면서 말했다. 그것이 사장의 눈이라는 것을 알기에 쳐다보기를 멈출 수 없었다. 그만둘 거야, 이번에는 진짜. 이번 일만 잘 해결되고 나면 꼭 그만둘 거야. 두고 봐. 나는 앞치마 주머니에서 핸드폰을 꺼냈다. 습관처럼 손가락이 사장 연락처를 검색하려고 했다.

정전이 일어난 것은 바로 그 순간이었다.

제자리

정신을 차리고 보니까 벌써 입김이 나오는 날씨가 됐네. 인턴십 시작할 때만 해도 겉옷은 필요 없었던 것 같은데. 아, 잊어버리기 전에 도어록 배터리 새로 사야지. 엄마한테 말해봤자 엄마도 맨날 까먹고. 이러다 배터리 다 되면 사람 불러야 하는 거 아냐? 그러고 보니…… 전자책 어플 한 달 무료 이용 신청해놓고 책 한 권도 못 읽었는데 체험 기간 언제 끝나더라. 버스 타면 바로 해지해야겠다, 돈 빠져나가기 전에. 그리고 또…… 또, 음. 뭐 없나?

음…….

안 되겠다.

지수 씨는 시린 손을 교차해 팔짱을 낀다. 다른 생각을 하려고 아무리 애써봐도 더는 아무 생각이 나지 않는다. 어두운 허

공으로 퍼져가는 입김을 보면, 그저 자기가 무슨 죄를 지었기에 이 시간에 집을 나서야 하는지…… 그런 생각만 난다. 그렇다고 불행하다 느끼지 않기 위해 숨쉬기를 멈출 수도 없는 노릇이다.

아니, 갑자기 일곱 시까지 출근하라니 막말로 이거 인권침해 아닌가? 지금 막 도착한 버스가 첫차가 아니라니 이게 실화인가? 첫차도 아닌 새벽 버스에 사람이 꽉 차 있는 건 도대체 무슨 조화인가? 지수 씨는 기가 막힌다.

팀장님, 저는요. 일곱 시까지 출근하려면 네 시 반에 일어나야 해요. 버스에서 지하철로, 다시 버스로 환승을 한다고요…….

하지만 회사에서 먼 동네에 사는 건 어디까지나 지수 씨의 사정이다.

지수 씨는 문득 어릴 때 있었던 비슷한 일을 떠올린다. 어머니가 할머니를 간호하느라 병원에서 밤을 새울 때면, 지수 씨가 동생을 챙겨서 학교에 가야 했던 때. 어느 날은 너무 일찍 깨어나서 사방에 푸른 기색이 다 걷히기도 전에 집을 나섰다.

누나 나 졸린데…… 칭얼거리는 동생의 등을 두드려가며 학교에 갔는데, 정문이 닫혀 있었다.

그런데도 지수 씨는 이상하다는 생각을 못 했다. 지금 생각하면 바보 같지만, 하고 지수 씨는 조금 웃는다. 고개를 갸웃거리며 동생 손을 잡고 학교 담벼락을 빙 둘러 후문으로 들어간 지수 씨는, 동생을 동생 교실로 들여보내고 자기도 교실로 가서는 한참 동안 친구들을 기다리다 잠들었다. 또렷이 떠오르지는 않지만 반소매 옷을 입는 계절이었던 것 같다. 팔을 책상에 얹고 있으면 시원하면서도 조금 소름이 돋았던 게 기억나니까. 지수 씨가 시계를 볼 줄도 모를 만큼 어렸을 때 있었던 일이다.

그때는 날마다 학교 가는 게 너무너무 기다려졌고 아침이면 자동으로 눈이 뜨였지. 늦어도 아홉 시면 잠을 청할 때기도 했고.

지금은…….

지금은, 갈 곳이 있다는 게 감사하지. 그렇지만 감사한 것과 기다려지는 것은 다르니까…….

지수 씨는 버스 손잡이가 구명줄이라도 되는 것처럼 양손으로 붙든 채 흔들린다. 그런 식으로 서 있는 사람이 자기 하나만은 아니라는 사실은, 지수 씨에게 전혀 위로가 되지 않는다.

3개월은 추억하거나 기념하기에 그리 긴 시간은 아니다. 대학 정규학기보다는 조금 짧고 계절학기보다는 넉넉한 기간. 비교해보니 추억하거나 기념하기에 부족한 기간이 아닌 것 같기도 하지만, 아직 인턴십 기간이 만료되지 않은 것을 생각하면 역시 시기상조다. 그런데도 지수 씨는 매일 첫 인턴 출근 날을 생각하고 있다. 출근 일주일이 되었을 때에도, 보름이 되었을 때에도 지수 씨는 똑같이 첫 출근을 생각했다. 새 정장과 새 구두와 새 가방. 누구에게 보여줄 것도 아닌데 지수 씨는 첫 출근 날에 속옷까지 위아래 맞춰서 새것을 입었고, 당연히 스타킹도 새로 사 신었다. 그때는 아직 더울 때였는데도 말이다. 얼마나 간절했는지, 출근이라는 것을 얼마나 하고 싶었는지. 첫 출근 때를 생각하면 힘들거나 피곤하다 느끼는 게 왠지 배은망덕한 일 같은 생각이 들었고, 굳이 그거라도 생각하지 않으면 견디기가 영 어렵기도 했다. 모두가 이 정도로 힘들어하는 걸까?

혹시 나만 특출나게 사회 적응력이 떨어지는 게 아닐까? 지수 씨는 자주 그런 불안을 느낀다.

"어, 와 있었네."

지수 씨가 출근 태그를 찍은 시간은 여섯 시 오십일 분인데, 일곱 시까지 오라고 지수 씨를 불러낸 팀장은 일곱 시 이십 분이 다 되어서야 나타난다. 오라고 해서 왔는데 와 있었냐고 하니 뭐라 대답해야 할지 모르겠네. 지수 씨가 목덜미를 긁적이는 사이 팀장은 가방과 외투를 자기 자리에 툭툭 던져놓고 양손을 딱딱 맞부딪친다.

"자, 시작해볼까."

뭘?

어리둥절해하며 쳐다보는 지수 씨에게 팀장은 대뜸 성을 낸다.

"뭐 해? 빨리 일어나."

지수 씨는 엉거주춤 자리에서 일어난다. 팀장은 어디서 꺼낸 것인지 모를 파란색 단프라 박스를 척척 접고 바닥을 봉하더니 지수 씨 자리 위에 놓여 있던 물건을 망설임 없이 툭툭 집어 넣는다.

"뭐 하시는 거예요?"

지수 씨가 당황하건 말건 팀장은 거침이 없다.

"지수 씨 물건 따로 챙겨, 섞여 들어가지 않게."

"아니, 어차피 제 물건은 딱히 없긴 한데요……. 뭐 하시는……."

"이따 설명해줄 테니까 일단 전화기랑 컴퓨터 코드 뽑아."

지수 씨는 영문도 모른 채로, 그런데도 약간 울듯한 느낌으로 팀장이 시키는 대로 전자기기 코드를 뽑는다. 팀장은 북엔드로 괴어둔 서류 더미를 한꺼번에 단프라 박스에 털어 넣고 삼단 서랍을 거칠게 뽑는다. 원래부터 물건이 많지 않아 가벼운 서랍은 책상에서 팍 튀어나오고, 팀장은 서랍을 거꾸로 들어 박스에 대고 턴다. 언제부터 있던 것인지 모를 ABC 초콜릿 몇 개가 사방으로 튀어 나간다.

"에이씨, 이거 왜 이래."

너무 막 뽑아서 레일이 망가졌는지 서랍은 제자리에 딱 맞게 들어가지 못하고 덜걱거린다. 책상 위에 흰 솜털 같은 먼지가 한 켜 앉아 있는 것이 새삼 지수 씨 눈에 띈다. 먼지는 스티커를 떼어내고 남은 테두리처럼 컴퓨터, 전화기, 사무용품 일체가 놓였던 자리를 감싸고 있다. 그간 이 자리를 사용해온 사람인 지수 씨는 어쩐지 지저분한 사람이 된 것 같은 생각에 팀장 보기가 조금 민망해진다. 팀장이 잘 들어맞지 않는 맨 밑 서랍을 붙들고 용을 쓸 동안 지수 씨는 옆 책상에서 티슈를 한 장 뽑아 책상 위를 슬슬 닦아낸다.

"그쪽 잡고 하나둘셋 하면 들어. 하나 둘 셋!"

지수 씨는 책상 오른쪽을 붙들고 팀장을 따라 엉거주춤 걷는다. 출입문에 이르러 팀장은 지수 씨더러 요령이 없다고 핀잔을 주면서 등으로 유리문을 민다. 팀장님이 너무 높이 들어서 저한테 무게가 쏠리는 것 같은데…… 지수 씨는 말대꾸를 속으로 삼킨다.

팀장이 엘리베이터를 잡고 기다리는 사이 지수 씨는 의자를 끌고 나온다. 바퀴가 달려 있는 의자는 옮기기가 한결 수월하다. 엘리베이터에 올라 팀장이 후, 하고 한숨을 몰아쉴 때에야 지수 씨는 조심스레 입을 연다.

"왜…… 책상 빼는 거예요?"

"그런 게 있어, 지수 씨는 몰라도 돼."

아니, 이따 설명해준다며. 지수 씨는 기가 막히지만 대꾸할 말도 떠오르지 않고 기운도 없다. 지하 1층 문서수발실 앞에 빈 책상과 의자를 두고 팀장과 지수 씨는 다시 엘리베이터에 탄다. 로비 층에 멈춘 엘리베이터에 직원들이 속속 오른다. 벌써 여덟 시가 다 됐구나. 지수 씨는 하품을 참으며 시간을 확인한다.

사무실로 돌아온 지수 씨와 팀장은 책상 하나가 빠진 자리가 너무 허해 보이지 않게 나머지 책상 다섯 개를 조금씩 옆으로 옮긴다. 다른 팀 직원들이 하나둘 출근해 착석하지만 뭐 하고 있느냐고 묻는 사람도 도와주는 사람도 없다. 책상 다리가 디디고 있던 자리들마다 바닥재 색깔이 진하다. 이게 원래 색깔이었겠지. 지수 씨가 감상에 젖으려는 찰나, 팀장은 새로운 지시를 내린다.

"기자재실에 전화해서 노트북 하나 준비해달라고 해. 당분

간 빈 회의실에서 노트북으로 일 봐요. 알겠지?"

"네, 알겠습니다."

지수 씨는 단프라 박스 옆에 대충 굴러다니던 자기 겉옷과 가방을 챙겨 출입문 옆 소회의실로 들어간다. 소회의실 전화기로 기자재실에 전화를 걸려다가 아직 업무 시간은 시작도 되지 않은 여덟 시 이십 분인 것을 알고 조용히 내려놓는다. 이게 뭐 하는 짓이람. 원래 다 이런가……. 인턴 끝나갈 즈음에 흔히 일어나는 일인가?

여덟 시 사십 분쯤 되자 대부분의 직원이 자리를 채운다. 지수 씨는 거의 전체가 불투명 시트지로 마감되어 있는 회의실 통유리창 너머로 바깥 상황을 살핀다. 엿보는 것 같아 기분이 별로지만 달리 할 일도 없어서 어쩔 수 없다. 3개월 조금 못 되게 다니는 사이 익숙해진 실루엣들이 창 앞을 속속 지나친다. 그러다 못 보던 뒷모습 하나가 어른거리는 것을 지수 씨는 유심히 본다. 뒷모습은 한참을 출입문 근처에 머문다. 지수 씨는 의자에서 일어나 창 앞으로 다가간다. 불투명 시트지 사이로 언뜻 보이는 그 사람이 누구인지를, 지수 씨는 천천히 알아차

리고 살짝 놀란다.

지수 씨가 인턴으로 근무하고 있는 회사는 소위 남초 직장이다. 전체적으로는 5.5 대 4.5 정도의 비율이라 여자 직원이 아주 적은 것도 아닌데 남성적인 분위기가 강한 편이다. 대리급부터 갑자기 7 대 3이 되는 성비로 거의 해명이 될 것이다. 같은 팀 팀장이고 주임이고 대리고, 다들 말을 윽박지르듯 해서 지수 씨는 매번 약간 울듯한 심정으로 대화에 임했는데, 종종 남자 직원들은 여자 직원들이 울어버릴까 봐 무슨 말을 못하겠다며 엄살을 피웠다. 아닌 게 아니라 지수 씨도 별것 아닌 실수로 크게 혼나고 눈물을 보인 적이 있어 그런 말을 듣기가 민망했다. 한편으로 어느 팀 여자 인턴은 절대 안 운다더라, 보통 독한 게 아니라더라 뒷담화를 하기도 해서 어느 장단에 춤을 춰야 하는지 헷갈리기도 했다. 울었으면 좋겠다는 거야, 안 울었으면 좋겠다는 거야. 한 가지만 하라고.

심 대리는 팀장과 동기였다고 들었다. 지수 씨의 인턴십 출근 첫날이 심 대리의 출산휴가 시작 전날이어서 지수 씨는 심 대리와 딱 하루 근무를 함께했다. 따라서 지수 씨가 첫 출근을 잊을 수 없는 이유에는 심 대리도 있었다. 출산 예정일을 2주 앞두고 숨을 몰아쉬면서—사실은 책상에 배가 눌려 숨을 몰아쉴 수밖에 없지만 앞자리에서 숨소리 시끄럽다고 눈치를 줘서 마음대로 숨도 못 쉬면서—심 대리는 휴직 전 마지막 근무일을 버텼다. 곧 자리를 비울 심 대리의 책상을 지수 씨가 대신 쓰기로 되어 있어 그날 하루 동안 지수 씨는 심 대리 자리에 나란히 앉아 일을 배웠다.

매일 첫 출근 때를 생각했는데도 심 대리에 대한 기억은 파편적으로만 남아 있다는 사실에 지수 씨는 큰 모순을 느끼지 못한다. 그 뒤로도 배울 일이 산더미였기 때문이다. 첫날 일을 가르쳐준 사람이나 그 사람과 대화한 내용이 잘 조합되어 떠오르는 것이 아니라…… 그날 정신이 하나도 없었고, 일을 배웠고, 뭘 직접 정리해보라고 해서 엑셀 파일을 봤는데 엑셀 파일이었다는 것만 떠오르지 내용은 뭐가 뭐였는지 하나도 생각이 안 나고…… 팀에 임신부 대리가 있었고, 이런 사실들이 두서없이 떠오르는 식이다.

솔직히 말해서 지수 씨는 심 대리가 돌아올 거라는 생각을 못 하고 있었다. 돌아올 거라 상상하지 못했다거나 어떻게 돌아왔지, 그런 뉘앙스가 아니라, 자기 살기에 바빠 심 대리의 복귀에 대해서는 거의 생각하지 못한 쪽에 가까웠지만, 그래도 지수 씨는 심 대리가 돌아오리라는 사실을 의식하지 못한 것에 부끄러움을 느낀다. 지금껏 지수 씨가 사용하던 책상이 심 대리의 것이기 때문에 더욱 그렇다.

바깥 눈치를 보니 아무도 심 대리에게 인사하지 않는 것 같다. 심 대리는 그 자리에 우두커니 서 있다. 원래 쓰던 책상이 없어져서 심 대리는 앉을 곳이 없고 누구도 심 대리에게 앉기를 권하지 않는다.

아홉 시가 되기 무섭게 지수 씨는 기자재실에 전화를 건다.

"바로 오셔서 가져가시면 돼요."

기자재실 담당 직원은 친절하면서도 건조한 어조로 말한다. 지수 씨는 아직까지 바깥에 심 대리가 서 있다는 것을 의식하면서 살그머니 회의실 밖으로 나온다.

아…… 눈 마주쳐버렸다.

"안녕하세요."

심지어 상급자인 심 대리가 먼저 인사를 건네서 지수 씨는 더더욱 곤란해진다. 꾸벅 목례를 하면서 지수 씨는 같은 팀 직원들의 눈치를 살핀다. 그쪽 역시 슬쩍슬쩍 지수 씨와 심 대리 사이 어떤 제스처가 오가는지를 체크하는 것 같다.

"저, 기자재실 가야 해서……."

지수 씨는 어렵사리 웃으며 출입문을 나서고 그 뒤를 낮은 굽 구두 소리가 따라 나온다. 구두 소리는 종종걸음 치는 지수 씨를 불러 세운다.

"지수 씨."

"네?"

이유는 모르겠지만 약간 울 것 같은 심정으로 지수 씨는 심 대리를 돌아본다.

"점심 같이 먹어요."

"아……."

"1층 카페에 있을 테니까 시간 봐서 내려와요."

"네……."

지수 씨는 거절하지 못하고 심 대리와 엘리베이터까지 동행한다. 심 대리는 기자재실이 몇 층인지 몰라 헤매는 지수 씨를 대신해 3층 버튼을 눌러준다.

솔직히 인턴 동기들하고는 그리 친해지지 못했다. 지수 씨를 비롯한 다섯 명이 인접 부서의 각각 다른 팀에 배치되어서 첫 출근 날 말고는 마주칠 일이 별로 없었다. 가끔 엘리베이터를 같이 타거나 하면 눈인사를 주고받는 정도. 지수 씨 빼고 다른 동기들끼리는 조금 더 친분을 쌓은 것 같기도 한데, 확신은 없고, 그게 사실이라 해도 지수 씨는 별 상관없다. 어차피 이 중 한두 명만 채용이 확정될 텐데 나중 가서는 친분이 오히려 불편해지지 않겠는가. 운 좋게 채용이 된다면, 나중에 나란히 채용된 사람하고나 무난하게 지내면 되지.

아니면 말고.

이런 식으로 생각하다보니 지수 씨는 날마다 점심을 혼자 먹는다. 처음에는 남자 선배들을 따라가보기도 하고 옆 팀 구내식당 파에 엄벙덤벙 끼어보기도 했는데 결국 도시락 핑계로 혼자 먹기 시작한 지 한 달가량 되었다.

그래도 물론 첫 출근 날에는 같은 팀 팀원들이 다 같이 점심을 먹었다. 그때 지수 씨와 심 대리는 마주 보고 앉았다. 팀장은 심 대리가 얼마나 독한 여자인지를 계속 얘기하고 싶어 했고 그걸 또 자꾸 지수 씨에게 동조를 구해서 이만저만 불편한 게 아니었다. 임신부를 챙긴답시고 자기 먹던 숟가락으로 알탕의 곤이를 심 대리 앞접시에 탁탁 덜어놓는 주임, 같은 대리라고 자기보다 연상인 심 대리에게 말끝을 잘라먹는 남자 대리. 어쩔 줄 몰라 하는 지수 씨에게 심 대리는 소리 없이 입 모양만으로 계속 말했다.

괜찮아요.

생각해보면, 괜찮냐고 물어본 적 없는데 괜찮다고 하는 건, 역시 괜찮지 않다는 뜻이잖아. 지수 씨는 보풀처럼 가슬가슬하게 일어난 기분을 가라앉히느라 한동안 일에 집중을 못 하다가 심 대리가 기다리는 로비 카페로 내려간다. 안쪽 자리에서 구두를 벗고 한쪽 다리를 의자에 걸쳐놓고 앉아 있던 심 대리가 지수 씨를 발견하고 후다닥 신발을 신는다.

“여기서 샌드위치 먹을까요, 나가서 뭐 제대로 된 거 먹을까요?”

“대리님 외식 오랜만에 하시지 않나요? 나가서 먹는 게…….”

“무슨 소리야. 요샌 내가 대통령보다 잘 먹고 살걸. 남편하고 친정 엄마가 나 먹고 싶다는 거 다 챙겨주거든요. 솔직히 걷기 별로 편치 않아서 난 안 나가고 싶어요. 회사 카페 샌드위치 오랜만에 먹고 싶기도 했고.”

“그럼 여기서 먹어요. 제가 살게요.”

“벼룩의 간을 내먹지. 고르기만 해요.”

“아, 감사합니다…….”

막상 주문한 음식을 받아놓고서는 할 말이 없어 손톱 끝만 만지작거리는 지수 씨다. 먼저 말을 걸어오는 쪽은 역시 조금 더 여유가 있는 심 대리다.

“어때요. 할 만해요?”

“그냥 남들 하는 만큼…….”

지수 씨는 너무 방어적인 자기 말에 스스로 놀란다. 이렇게 못나기도 힘들겠다. 하지만 불과 몇 시간 전 자기 손으로 치워버린 책상의 주인, 아무래도 회사에 찍힌 듯한 대리와 독대하고 있다는 사실을 생각하면 아직 입에 넣지도 않은 샌드위치가 벌써 얹힌 듯한 느낌이 드니, 지수 씨인들 어쩔 도리가 없다.

"지수 씨가 내 책상 치웠죠?"

생각을 꿰뚫어본 듯 찌르고 들어오는 심 대리의 말에 지수 씨는 화들짝 놀란다.

"괜찮아요. 지수 씨가 그러고 싶어서 그런 것도 아니고."

사실 심 대리가 등장하기 직전까지 지수 씨는 자기 안위를 걱정하고 있었다. 인턴 직원이 사용하던 책상을 치운다는 건 인턴십 끝나는 대로 자르겠다는 뜻으로 생각되었기 때문이다. 심 대리가 등장하고서야 압박하고 싶은 건 지수 씨 자신, 인턴 나부랭이 따위가 아니라 출산휴가 기간이 막 끝난 대리라는 것을 알아차린 지수 씨는 안도감과 구역감을 동시에 느꼈다. 하긴 나한테 무슨 메시지를 전하고 싶었다면 직접 책상을 치우라고는 하지 않았겠지……. 어차피 계약 기간 끝나면 장땡인 인턴 책상은 뭐 하러 빼……. 하지만 이 일이 겨냥한 사람이 지수 씨가 아니라 심 대리라고 해서 괜찮은 일이 되지는 않는 것이며, 그 일에 지수 씨도 한몫 거들었다는 사실 또한 변하지 않는다.

"나, 오늘 복귀 아니에요. 인사팀에 뭐 물어볼 겸 해서 왔어요. 출산휴가랑 육아휴직 이어서 쓰는 거랑 급여 신청 같은 거. 오는 김에 인사 좀 드리려고 나 화요일에 간다고 팀장님한테 메일 보내놨는데 와보니까,"

심 대리는 피식 웃는다.

"와보니까 작정하고 없던 사람 취급하는 거지."

지수 씨는 주먹 쥔 양손을 무릎에 얹고 고개를 푹 숙인다.

"육아휴직 다 쓸 생각 없었는데……. 빨리 돌아와봤자 자리가 없을 것 같으면 그냥 꽉 채워 쉬는 게 낫겠네."

심 대리는 한숨을 섞어 말꼬리를 길게 늘이고 허브티를 홀짝 마신다. 지수 씨의 고개가 어깨 아래로 점점 더 떨어진다.

"고개 들어요. 나한테 죄 지은 거 없잖아요. 그래도 와서 나 아는 척 해준 사람은 지수 씨밖에 없는데."

"죄송해요."

어렵사리 고개를 든 지수 씨는 눈가가 촉촉이 젖어 있다.

"아이, 뭐가 죄송해……. 우리 회사가 그래요, 요즘 세상에 말이야. 다 남자들이라 뭘 몰라서 더 그래."

심 대리는 이따위 회사라도 여전히 우리 회사라고 부른다. 참고로 지수 씨는 아직 이 회사를 우리 회사라고 느낀 적이 한 번도 없다.

심 대리는 머그잔을 든 채로 눈을 굴린다. 심 대리의 시선을 따라 뒤를 돌아보니, 점심 먹고 오는 길인지 왁자지껄 떠들며 로비를 지나가는 같은 팀 직원들이 지수 씨 눈에도 들어온다. 심 대리는 잔을 내려놓고 숨을 깊이 내쉰다.

"아마 지수 씨 채용 확정일 거예요."

뜻밖의 말에 지수 씨는 놀란다.

"저는…… 여잔데요."

대리님이랑 똑같은데요. 사실 지수 씨가 하려던 말은 이것이다. 심 대리라고 그 말의 의미를 모를 리 없다.

"뭐, 스펙…… 도 중요하지만, 부서나 팀 상황이 더 중요하니까요. 충원 필요한 팀 인턴이 정직원 전환 확정되는 거죠. 책상 내놓은 게 충원 필요하다는 의미고. 아마 지수 씨는 될 거예요. 인턴십 전환하고 별개로 채용될 수도 있고, 근데 그러면 계약직일 수도 있고."

그 뒤로도 상투적인 덕담과 조언이 몇 마디 더 나온다. 심 대리의 이런저런 말들을 들으면서도 지수 씨는 다른 생각에 잠겨 있다. 사실은 내가 밉겠지. 아무리 내 뜻이 아니라고 해도, 그걸 아무리 잘 알고 있어도, 한 발짝 떨어져서 보면 결국은 멀쩡히 일하던 여자가 비교적 젊은 여자에게 밀려나는 것 같은 그림으로 보인다는 걸 대리님은 나보다 훨씬 더 잘 알고 있을 테니까. 잘 쓰던 스테이플러를 괜히 갖다 버리고 새 스테이플러를 사는 일처럼. 그러니까, 우리는 스테이플러처럼. 여느 사무용품처럼. 지수 씨는 눈을 비빈다. 책상을 잃은 심 대리가 울지 않는데 자기가 엉엉 울어버리면 너무 꼴값일 것 같다고 지수 씨는 생각한다. 심 대리는 아무 말도 하지 않는다.

심 대리를 배웅하고 사무실로 돌아온 지수 씨를 팀장이 급하게 불러 세운다.

"뭐래?"

봤구나, 아까. 지수 씨는 들은 대로, 그러나 팀장이 알아도 될 정도로만 말해준다.

"대리님 육아휴직 이어 쓰는 문제 때문에 인사팀 왔던 거래요. 출휴 아직 안 끝나셨고, 연차 쓰고 육휴 이어 쓰실 거래요."

"야, 짜샤. 압존법 모르냐. 팀장님이 더 상급자인데 어떻게 대리님이 하셨대요, 이러냐? 언제부터 회사 생활 했다고 줄임말도 찍찍 쓰고 말이야."

남자 대리가 끼어들어 지수 씨를 나무란다. 팀장은 귀찮다는 듯 손사래를 친다.

"됐어, 됐고. 정 대리랑 지수 씨랑 가서 책상이나 도로 가져와. 피곤해 죽겠네."

팀장은 괜히 자기가 오버해서 멀쩡한 책상을 치우게 한 건 사과도 하지 않는다. 이 같은 태도들로 미루어, 오늘 왜 이런 일이 일어났는지는 끝내 아무도 설명해주지 않을 것이라는 사실을 지수 씨는 새삼 깨닫는다. 의미 같은 건 지수 씨가 스스로 찾아야 하는 것이다.

역대급으로 피곤한 퇴근길이다. 지수 씨는 기적적으로 버스 좌석을 차지하고 앉아 창밖을 멍하니 바라본다. 비록 쭈그려 앉다시피 해야 하는 바퀴석이지만 퇴근 시간대에 앉을 자리를 찾는 건 보통 운이 아니며 제시간에 퇴근하는 것 또한 흔치 않은 일이다. 기대도 하지 않은 요행 두 가지가 마침 한꺼번에 찾아온 셈. 그러고 보면 오늘은 생각만큼 나쁘지는 않았던 거야, 지수 씨는 생각한다. 그러고 보면, 이라고 하고 보면, 버스가 제 대신 움직여주는 건 또 얼마나 감사한 일인가. 몸을 실을 수만 있어도 감사한 버스에 마침 자리가 있었다는 사실은 또, 또 얼마나 감사한……. 나는 어느새 이런 사소한 일에 진심으로 감사할 줄 아는 사람이 된 걸까. 지수 씨는 외투를 입고 구두를 신은 사람이 앉기에는 영 비좁은 바퀴석 위에서 몸을 한껏 웅송그린다. 두세 정류장마다 한 번씩 졸다 깨다를 반복하면서, 지수 씨는 자꾸 창문에 머리를 박는다.

코믹 헤븐에 어서 오세요

박서련

독자님, 안녕하세요. 마음산책입니다.

사회적 거리두기로 집에 있는 시간이 길어지는 요즘입니다. 마음산책 열 번째 짧은 소설, 박서련 작가의 『코믹 헤븐에 어서 오세요』는 '집콕'하며 무더운 여름을 나는 독자님께 꼭꼭 추천하고 싶은 책입니다.

한겨레문학상과 젊은작가상을 수상하며 주목받은 박서련 작가가 우리 주변에서 만날 수 있는 청년들의 이야기를 담은 짧은 소설들을 썼습니다. 각각의 소설은 예측 불가능하면서 흡인력 있는 전개로 다양한 세계를 펼쳐 보이고요. 등장인물을 향한 박서련 작가의 따뜻한 시선과, 특유의 유머도 듬뿍 느껴집니다.

'코믹 헤븐'이라는 지하 만화 카페에서 벌어지는 「코믹 헤븐에 어서 오세요」, 시간 여행을 다룬 「거의 영원에 가까운 장국영의 전성시대」, 두 사촌이 가발을 사러 가는 이야기 「추석 목전」, 군대 간 연인을 기다리는 여자들의 인터넷 카페 이야기 「아이디는 러버슈」 등 어느 것 하나 놓칠 수 없는 아홉 편의 짧은 소설을 최산호 작가의 그림과 함께 감상해보세요.

마음산책 드림

거의 영원에 가까운
장국영의 전성시대

맹순영은 배우다. 아직까지 주연을 맡은 적은 없지만 주연이었던 적이 없다고 해서 배우가 아닐 리 없다. 주연은커녕 배우로서 스크린에 노출된 시간을 초당 밥알 한 알로 환산할 때 맹순영의 출연 시간은 아무리 끌어모아도 밥 한 큰술이 될까 말까 하지만 그래도 맹순영은 배우다. 이 사실은 영원히 또한 매 순간 맹순영의 자존과 자조의 양가적인 근거가 된다. 맹순영은 배우지만 맹순영이 배우인 것을 맹순영 말고는 아무도 모르는 것 같다는 사실. 또한 맹순영이 배우인 것을 아무도 모름에도 맹순영은 배우이기 때문에 맹순영은 이 일을 계속할 수 있다.

곧 세상이 망할 거래.

맹순영은 지금도 촬영 현장에 있다. 주연배우가 상대역의 손을 잡고 읊는 Y2K에 대한 긴 대사를 들으며 육교를 건너는 연기를 하고 있다. 2000년 1월 1일 00시가 되면, 연도를 1999까지밖에 인식하지 못하는 세상의 모든 컴퓨터 기계가 현재를 1900년으로 인식하게 되고 그로 인해 파생된 다른 오류들로 인하여 결국은 세상이 망한다고 한다. 맹순영은 Y2K를 믿지 않는다. 크게 과학적인 반론이 가능해서는 아니고 이 현실이 망하는 데에는 더 그럴싸한 이유가 필요하지 않겠는가 하는 것뿐이다. 컷. 감독의 목소리에 맹순영은 움찔 놀라며 멈춰 선다. 이런 순간마다 맹순영은 양손을 교차해 팔꿈치를 쥔다. 감독이 자기를 비난할 것 같은 불안감에 전신이 떨리는 것을 막기 위해서다. 물론 감독에게는 보조출연자 맹순영이 육교를 건너는 걸음걸이를 비난하려는 마음이 없다. 자, 지금보다 천천히 해볼까? 주연배우는 대사가 너무 어려워서 외운 대로만 말하려다 보니 저도 모르게 말이 빨라진다고 엄살을 피우고 한편 맹순영의 연기는 완벽하다. 육교의 끝에서 끝까지 걸어가는 것보다 난이도가 좀 더 또는 훨씬 높은 역할도 맹순영은 완벽하게 해낼 수 있지만 그것은 아직 맹순영조차 모르는 사실이다. 맹순영은 입속으로 Y2K에 대한 미신으로 구성된 주연배우의 대사를 완벽한 속도로 되뇌며 육교를 건넌다. 이 과정이 여러 차례 반복된다.

촬영이 끝나고 맹순영은 늘 하던 대로 유통과 비디오 대여점에 들러 집으로 간다. 한쪽 옆구리에는 라면 한쪽 옆구리에는 비디오. 유통에 들어가 라면을 고르고 계산한 다음 나오는 데에는 일 분이면 충분하지만 대여점에서 비디오를 고르는 시간은 웬만한 영화의 러닝타임만큼 길어지기도 한다. 비디오를 고르는 과정에도 서사가 있기 때문이다. 맹순영은 홍콩영화를 숭배한다. 그런데 맹순영이 가장 좋아하는 배우는 짐 캐리다. 짐 캐리의 대표작 〈마스크〉를 패러디한 〈홍콩 마스크〉의 배우 주성치도 만만찮게 좋아하지만 홍콩 배우 하면 아무래도 장국영이고 장국영이냐 짐 캐리냐 하면…… 이런 식이다. 한 손에 비디오 갑을 하나씩 들고 벌이는 맹순영의 토너먼트는 대여점 닫는 시간까지 계속될 수 있고, 실로 그런 선례가 드물지 않다. 다만 오늘은 아니다. 맹순영은 〈아비정전〉을 보려 한다. 맹순영은 이 영화를 사흘 전부터 보고 싶어 했고 대여점 직원은 바로 오늘 이 비디오가 돌아올 것이라고 했다. 맹순영은 비디오

진열장까지 갈 것도 없이 카운터에서 비디오를 받아 대여료를 치르고 나온다. 한쪽 옆구리에는 라면 한쪽 옆구리에는 비디오. 맹순영은 자취방으로 올라가는 언덕길에 한 발을 디딘다.

달이 밝구나.

맹순영은 생각한다. 둥글고 커다란 천체가 스포트라이트처럼 맹순영을 겨냥하고 있다. 이것은 맹순영의 생각도 이 기록에 미적 또는 환상적 분위기를 더하고자 하는 과장된 수사도 아니니다. 맹순영이 달이라고 생각하는 구체는 실제로 맹순영을 비추고 있다. 맹순영이 좋아하는 짐 캐리의 주연작 〈트루먼 쇼〉에서 그랬던 것처럼.

비디오 대여점에 발을 들인 순간부터 맹순영은 AR[Alternative Reality, 대체현실]시뮬레이터 안에 들어와 있는 상태다. 대여점 직원의 안내와 또 맹순영의 바람과는 다르게 오늘 〈아비정전〉은 대여점으로 돌아오지 않았다. 맹순영이 알 필요 없는 〈아비정전〉의 직전 대여인은 이 영화에 일주일치 연체료까지는 기꺼이 낼 수 있는 사람이다. 즉 맹순영이 왼 옆구리에 끼고 있는 라면은 실재하지만 오른 옆구리에 끼고 있는 〈아비정전〉 비디오는 실재하지 않는다. 그건 맹순영이 기대하는 현실이 그래야만 하는 바에 따라 구성된 대체현실의 부산물이다.

여기에서 내가 등장한다. 나의 등장은 맹순영의 기대현실—그래야만 하는 바에 해당하지 않기 때문에 맹순영은 자취방 언덕길에서 내려오는 정장 입은 남자 모양 인간을 보고 조금 경계심을 품는다. 그것이 자신 앞을 막아서는 순간 맹순영의 경계심은 공포심으로 전환된다. 한편 맹순영은 뛰어난 연기자이기 때문에 곧바로 그 감정을 안면에서 숨길 수 있다.

"신뢰도를 고려해서 남성형 피규어를 선택했는데 잘못 생각한 것 같군요."

나의 외피가 남성 세일즈맨형에서 여성 세일즈맨형으로 바뀌는 광경을 맹순영은 입을 벌리고 바라본다.

"안심하세요. 이게 진짜 모습이니까요."

맹순영의 눈에는 여전히 도주 충동이 비치지만 한편으로 나의 외피가 남성형일 때에 비하여 안정적인 반응을 보인다. 다만 갑자기 모습이 변하는 낯선 이에 대한 경계심은 극에 달한 상태다. 나는 맹순영이 도주하거나 소리를 지르려 하기 전에

말을 꺼낸다.

"우리는 맹순영 씨에게 해를 끼치지 않습니다."

순간 맹순영이 느끼는 혼란은 주로 "우리"라는 표현과 "맹순영"이라는 이름의 정확한 언급에서 기인한다.

"국정원에서 나오셨나요?"

"아닙니다."

맹순영은 대학 시절을 떠올린다. 과거 맹순영은 학생회에 적을 두었고 농활에도 몇 번 다녀왔으며 열정적으로 활동했던 연극 동아리에서는 구소련에서 쓰인 연극 교본을 사용했으나 맹순영 본인이 확실히 국정원의 표적이 될 만한 활동을 한 적은 없다. 애초에, 몰래 대학을 그만두고 시골집에서 부쳐준 등록금을 야금야금 까먹으며 연기 활동을 하고 있는 맹순영을 이런 식으로 급습할 확률이 높은 것은 국정원이 아니라 맹순영의 부모 쪽이다. 또한 말할 나위도 없지만 아무리 국정원이라고 해도 갑자기 모습이 변하는 요원 같은 것은…….

"잠깐 같이 걸으면서 이야기할까요?"

경악과 혼란이 경계심을 압도했기 때문에 맹순영은 나의 제안을 받아들인다. 나는 명함을 건네지 않는다. 내가 출발한 시대에는 명함을 더 이상 만들지 않을뿐더러 시공간 이동의 증거가 될 만한 것은 남기지 않는 편이 좋다. 대신에 나는 곧장 용건을 밝힌다.

"배우 맹순영 씨를 장국영 씨의 상대역으로 캐스팅하려고 합니다."

"장국영이요? 제가 아는 장국영이요?"

나는 맹순영의 얼굴에 떠오른 여러 감정들을 분석한다. 이전에 느낀 경악과 공포가 완전히 가시지 않은 가운데 기쁨과 긍정적인 놀라움이 전면에 두드러졌다가 곧 의구심에 밀려 옅어진다.

맹순영은 에로배우들의 예명이 유명 배우의 이름을 패러디하는 식으로 지어지기도 한다는 사실을 떠올린다. 혹시 장'구경'의 상대역으로 에로영화에 나와 달라는 말을 내가 멋대로 착각하고 있는 게 아닐까? 주어진 전제가 한정적인 지금 맹순영이 느끼는 이 같은 혼란을 불합리하다 할 수는 없다.

"네, 홍콩 배우 장국영 씨를 말하는 것이 맞습니다."

"제가요? 장국영하고요?"

"그렇습니다."

"제가 나오는 영화를 한 편이라도 보셨어요?"

"여러 요소를 종합적으로 고려한 결과 맹순영 씨야말로 장국영 씨의 상대역에 사상 가장 적합한 배우로 지명되었습니다. 적어도 우리가 준비하고 있는 작품에서는 말이죠."

"사상 가장 적합하다고요?"

"그렇습니다."

맹순영은 깔깔 웃는다. 마침내 공포와 경악이 완전히 지워진 얼굴이다.

"그걸 어떻게 알아요? 죽은 사람들하고도 비교를 할 수 있단 말이에요?"

"바로 그렇습니다. 제가 출발한 시대 기준으로는 맹순영 씨도 이미 죽은 사람이니까요."

맹순영의 얼굴에서 웃음이 지워진다.

"우리는 23세기에서 영화 사업을 하고 있습니다."

나는 맹순영의 이해를 돕기 위해 우리의 사업에 대한 설명을 덧붙인다.

"현실적으로 우주여행이 부호들의 값비싼 취미나 기업들만을 위한 것이 될 수밖에 없듯 시공간상 이동도 아직까지는 기업들의 전유물입니다. 돈이 매우 많이 드는 이동 수단이거든요. 자동차와 비행기를 상상해보세요. 19세기에는 자동차를 아무나 탈 수 없었지만 20세기 현재는 '1가구 1자가용'이라는 표어가 유행하고 있죠. 비행기 역시 현재 기준으로는 너무 비싸서 아무나 탈 수 없는 이동 수단이고요. 아직까지는 웬만한 대기업이 아니면 시공간 이동을 시도하기 어렵고, 엔터 산업에서 가장 활발하게 시공간상 이동을 활용하고 있죠."

우리는 맹순영의 자취방을 향한 언덕길을 천천히 걸어 올라간다.

"우주여행과 시공간상 이동의 산업성의 가장 큰 차이는 아무래도, 현재 지구에 없는 자원을 개발하거나 채굴하는 것이 우주에서는 가능하지만 시공간상의 이동을 통해서는 불가능하다는 것이니까요. 쉽게 말해 1990년대의 지구에 미래의 지구에서나 과거의 지구에서 화석연료를 빌려올 수는 없다는 말입니다. 그것은 현실에 지나치게 큰 영향을 미치거든요."

맹순영은 내 설명의 75퍼센트 정도를 이해하고 있다. 이는 영화광치고도 상당한 수치다. 대부분의 영화광은 시간 여행에 대한 이해도가 높다. 굳이 시간 여행물에 대한 애호 성향이 없는 경우에도 그렇다. 영화라는 것의 편집 형식 자체가 시간상의 도약을 상당히 직접적으로 은유하기 때문이다.

"애초에 미래의 지구에서 빌려오는 것은 현재로서는 불가능한 것이고요. 시공간 이동은 현재로부터 과거로만 가능하거든요."

"그러면 저…… 그쪽의 현재가 다시 미래가 되지 않나요. 지금 시점에서는 23세기는…… 한참 먼 미래가 아닌가요?"

"현재에서 과거로의 이동만이 가능하다는 것은 시간과 공간의 좌표를 아는 점 A에서 점 B로 이동할 수 있다는 의미입니다. 고정된 좌표에서 다른 고정된 좌표로의 이동 말이지요. 이론상 미래의 어떤 시점으로 예상되는 좌푯값을 임의로 사용하여 미래로도 이동할 수는 있겠지만 말할 것도 없이 그건 매우 위험한 일입니다. 이해하시겠습니까."

맹순영은 고개를 끄덕인다.

“저는 좌푯값이 고정된, 안정적인 현재에서 출발했고, 이런 식이라면 사람 한 명을 저의 현재로 이동시켰다가 그 사람의 현재에 돌려놓는 정도는 얼마든지 가능하지요.”

이 순간 맹순영이 제일 먼저 떠올리는 레퍼런스는 〈빽 투더 퓨쳐〉 시리즈다.

“그렇지만…… 제가 여기서 사라지면 역사가 바뀌지는 않나요?”

맹순영 정도의 개인이 사라지는 것이 역사에 큰 영향을 미치지는 않는다고 말하는 방법도 있다. 바로 이 현재에 맹순영은 이렇다 할 대표작이 없기 때문에 맹순영의 부재나 실종은 실로 역사에 큰 영향을 미치지 않는다. 이후에 맹순영이 맡게 될 가능성이 있는 중요한 배역은 다른 사람이 대신 맡게 된다. 말하자면 영화 제작의 방식과 상당히 직접적으로 겹치는 일이다. 주연배우로 점찍어둔 사람이 죽거나 다치면 다른 배우를 캐스팅하듯 우주의 거시사와 미시사도 그런 식으로 대안을 찾는다.

그러나 나는 그런 방식으로 말하지 않는다.

"이번에는 신선놀음에 도끼자루 썩는 줄 모른다는 말을 떠올려봅시다. 반대로요. 신선계에서 두어 시간을 보내고 돌아오니 인간 세상에서는 100년이 흘러 있었다는 이야기를 아시겠죠. 우리는 맹순영 씨를 데리고 영화 한 편을 찍은 다음 맹순영 씨가 떠나온 그 순간 바로 다음으로 맹순영 씨를 복귀시킬 수 있습니다. 당신의 현재에서는 1초간의 부재, 우리의 현재에는 1년간의 촬영이 가능한 거죠. 이해하셨습니까?"

"만약에 제가 촬영 중에 죽거나 해서 돌아올 수 없게 된다면요?"

"예리한 질문이군요. 사실 우주는 그 정도의 변화에는 적응력을 갖고 있습니다. 가령 맹순영 씨가 매일 콩나물이나 두부를 사는 부식집이 있다고 칩시다."

"매일 라면을 사는 유통이 있어요."

"그런 식으로 지속적인 영향력을 주고받는 요소들이 있다고 치자는 얘기죠. 그곳에서 맹순영 씨가 달마다 10전씩을 썼고 앞으로도 쓸 예정이었다고 칩시다."

"10전이라니 지금이 해방 전후도 아니고……?"

"실례했습니다, 화폐제도만큼은 적응이 잘 안 되어서. 아무튼 10전이라고 치고요, 달마다 10전씩을 쓰던 당신이 이 현재에서 사라지면 그 유통이란 것은 매달 10전씩을 손해 보게 되겠지요. 그것이 어떤 파급효과를 낳을지는 모르고요. 그것을 방지하기 위해 다른 사람들이 조금씩 돈을 더 써서 유통의 손해는 최소화됩니다. 물론 이 현재와 큰 차이가 나지 않도록 당신 대신 소비하는 다른 사람들에게도 수입이 조금씩 더 주어지지요. 이런 겁니다……. 물이 표면장력을 갖고 있듯이 우주도 정해진 상태를 유지하려는 습성을 가지고 있는 거죠."

"그렇게 말씀하시니 마치 우주가 하나의 생명체인 것처럼 들리네요."

맹순영은 조금쯤 감동한 얼굴로 그런 말을 한다.

"제가 뭘 알겠습니까? 저도 영화장이고, 방금 설명드린 건 시공간 이동을 통해 배우를 캐스팅할 때 브리핑하는 기본적인 개념들에 불과합니다."

맹순영은 여전히 나의 말을 완전히 믿지는 않지만 적어도 흥미는 느끼고 있다.

"그렇지만 그렇게 과학이 발달한 미래라면…… 왜 굳이 과거에서 배우를 데려다 써야 하나요? 인간보다 완벽한 연기를 할 수 있는 로봇…… 그런 것은 없나요?"

맹순영은 나를 가리키면서 묻는다. 남자처럼 보였다가 여자처럼 보이게 되는 기술도 있는데 굳이? 라고 하는 것이다.

"물론 말씀하신 것처럼 인간보다 미적으로 우수한 안면부를 이용해 인간에게 호소력이 있는 표정을 구사할 수 있는 안드로이드도 개발되어 있습니다. 배우들의 안전 문제에 민감하게 반응하여 인공 배우를 선호하는 관객들도 늘어나고 있는 추세고요……."

그것이 나는 아니라는 의미에서 고개를 저으며 말한다.

"이렇게 말씀드리면 이해하시겠습니까? 어떤 시대에나 최고급품은 결국 수제품입니다. 특정 산업이 폭발적인 수준으로 발전할 때 일시적으로 공산품이 유행하는 사례도 있지만 결국은 자연스러운 것을 가장 아름답게 여기는 것이 인간의 경향이라는 이야기입니다."

이 말이 자신에 대한 칭찬으로 들렸는지 맹순영은 얼굴을 붉힌다. 사실 내가 속한 시대에서 인간이 직접 출연하는 영화 산업은 화려한 사양산업에 해당한다. 가장 막대한 자원이 투입되지만 선호 관객층은 기대보다 많지 않고, 개별 작품의 질보다는 캐스팅이나 로케이션에 시공간 이동이 사용된다는 점을 적극 홍보해 이윤을 챙기는 형편이다. 극장은 여전히 매력적인 공간이고 우주여행도 시공간 이동도 시도할 수 없는 대부분의 관객들에게는 영화를 통한 대리 체험과 다른 시대의 인물을 만나는 경험이 아직 효력을 발하고 있지만, 대리 체험을 더 실감나게 할 수 있는 매체가 많이 개발되어 있기에 간접경험으로서 영화의 힘은 점점 퇴색하고 있음 또한 부정할 수 없는 경향이다.

나는 이런 점들을 이야기해 막 동하기 시작한 맹순영의 의지를 꺾지 않을 것이다. 내가 영화장이라는 것도 거짓말은 아니다. 나는 맹순영이 참여할 새 프로젝트가 다시 살아 있는 인간이 출연하는 영상의 시대를, 그야말로 영화의 시대를 열어줄 것을 기대한다.

"사실 시공간 이동으로 캐스팅해온 배우가 저희 시대에 정착한 케이스도 몇 있습니다. 누구라고 말씀드리진 않겠습니다, 오시면 자연스레 아시게 될 테니까. 이 현실에서의 마지막을 자연스럽게 연출해드릴 수도 있습니다. 실종이든 사망이든."

이 말에 맹순영은 이상하게도 부끄러움을 타면서 묻는다.

"그런데 왜 하필 저인가요? 그렇게까지 해가면서 저를 캐스팅하는 게…… 손해가 아닐까요? 장국영이라면…… 그래요, 자질은 둘째 치고, 저는 일단 홍콩 말을 못하는데요. 역시 제가 홍콩 말을 배워야 하겠죠? 그분이 저 때문에 한국어를 배우는 건 말이 안 되겠죠?"

무엇으로 예를 들어야 할까? 나는 맹순영의 시대에서 일반적으로 사용되는 통신기기를 뇌내망으로 검색해 인용한다.

"맹순영 씨도 삐삐를 사용하시죠?"

"네."

"삐삐가 있어서 성립도 되고 삐삐에 의해 방해되기도 하는 서사가 있다는 것을 아시겠죠. 가령 잘못 입력한 번호 때문에 낯선 이와의 인연이 시작되는가 하면 삐삐 암호를 오해해서 사이가 틀어지는 경우도 있지요. 제가 출발한 시대에도 그런 것이 있습니다. 통역기의 기능적 한계로 인한 오해가 발생시키는 로맨스 같은 것이요. 장국영 씨와 맹순영 씨는 둘 다 원어로 연기하면 됩니다. 20세기의 광둥어와 한국어로요. 우리 시대의 관객들은 자막 없이, 그것이 오래된 외국어인 것을 인지하면서 동시에 의미는 그대로 파악할 수 있습니다. 보통 출생과 동시에 언어중추에 직접 관여하는 바이오봇 통역기를 삽입하거든요."

"그건 참 근사한 일이네요."

맹순영은 내 말의 80퍼센트 정도를 이해한 상태에서 그렇게 말한다.

"그런데 무엇이 망설여지십니까?"

"글쎄요……."

맹순영은 아직까지 이 계약에 응할 의사를 보이지 않고 있다. 나는 맹순영의 표정과 제스처와 심박과 침 삼키는 빈도와 눈 깜빡임을 분석하여 맹순영의 망설임을 읽는다.

망설임 한편에 이 멋진 변화에 완전히 의탁해버리고 싶은 충동이 맹순영에게는 있다. 맹순영은 대표작이 없는 무명 배우다. 배우 맹순영의 이름을 기억하는 사람이 있기는커녕 지금까지 맹순영이 스크린에 노출된 시간을 다 합쳐서 초당 밥알 한 알로 환산해도 밥 한 큰술을 채우기 어려울 정도로 맹순영의 존재감은 적다. 그런 현재를 등지고 나를 따라 23세기로 떠나 아예 시공간 망명자 겸 배우로 살아가는 것은 맹순영이 선택 가능한 미래 중에서 가장 매력적인 것이다. 다소 위험하지만 해볼 만한 거래라고 할 수 있다. 맹순영 자신이 생각하기에는 보잘것없는 것 같은 판돈을 높이 쳐주겠다는 상대하고라면.

"그렇다면 왜 장국영이죠."

"인기 있는 배우지 않습니까?"

"그러니까 말이에요."

맹순영은 마른침을 삼킨다.

"저는 여기에서 아무것도 아니지만…… 장국영은 이미 전설적인 배우잖아요."

맹순영은 처음으로 나의 당황한 표정을 본다. 나 역시 여기에서 약간의 도박을 거는 수밖에는 없다. 맹순영을 얼마나 캐스팅하고 싶은지를 알려주기 위해서 다소의 출혈을 감수해야 한다. 즉 발설해서는 안 되는 진실을 암시해야 하는 것이다.

"그건…… 그의 시간이…… 이 시대에서는 다하기 때문입니다."

"장국영이 죽나요?"

나는 대답하지 않는다. 맹순영은 안면 전면에 강한 슬픔을 드러냈다가 천천히 그 슬픔을 걷어낸다.

"지금은 가지 않겠어요."

"지금은?"

"네, 다시 오실 수 있잖아요? 제 눈으로…… 확인하고 싶어요."

나는 맹순영이 확인하고 싶은 것이 무엇인지 묻지 않는다. 또한 맹순영을 캐스팅하기 위해 한 번 시공간 이동을 감행할 때마다 우리가 투자해야 하는 막대한 자본에 대해서도 말하지 않는다. 따라서 우리가 맹순영을 캐스팅하기 위해 감수하는 소비가 맹순영이 얼마나 중요한, 뛰어난 배우인지를 말해준다는 것 또한 언급되지 않는다.

언덕 꼭대기에 다다라 작은 지붕과 담들로 이루어진 미로에, 맹순영의 자취방이 있는 골목에 진입하기 직전 맹순영이 다시 입을 연다.

"가시기 전에 여쭤보고 싶은 게 있어요."

"무엇입니까?"

"저의 전성기는 언제죠?"

나는 맹순영이 실망할 만큼 단호해진다.

"그것만은 말씀드릴 수 없습니다."

"오지…… 않는군요. 나의 전성기는."

"아까 말씀드렸듯 우리는 우리 시대의 영화에 출연한 배우를 다시 원래의 시대로 보내드릴 수 있습니다."

맹순영은 나를 물끄러미 바라본다. 그것이 무슨 상관이 있냐는 듯. 당신은 이미 그 이후에 무슨 일이 일어나는지를 다 알고 있지 않냐는 듯.

"또한 우리는 당신을 캐스팅하기 위해 어떤 작품들을 참고했는지도 따로 공개하지 않습니다. 이것으로 충분히 답변이 되었기를 바랍니다."

그제서야 맹순영은 아주 희미하게 웃는다.

"네, 그걸로 충분하겠어요."

이윽고 맹순영은 눈이 내리고 있음을 알아차린다. AR시뮬레이터가 해제되면서 안전한 가상-대체현실 대신 실제 날씨가 맹순영 위에 드리운 것이다. 눈은 이미 발등 높이까지 쌓여 있다. 맹순영의 오른 옆구리에서 〈아비정전〉 비디오가 사라진다. 이 때문에 맹순영은 나와 만난 일을 꿈이 아니라 여겨 잊지 않게 된다.

정해진 미래에 23세기가 있다면 역시…… Y2K 같은 건 걱정하지 않아도 된다는 거겠지.

이후 맹순영은 몇 개월에 걸쳐 나와 나눈 대화의 대부분을 잊어버리지만 자기가 장국영의 상대역이 될 수도 있다는 것과 Y2K를 걱정하지 않아도 된다는 것만은 기억한다. 한편 이런 일들을 큰 소리로 떠들고 다녔다간 국정원에 잡혀 들어갈 수도 있다고 생각해 함구한다.

맹순영이 장국영의 최후가 나오는 뉴스를 본 것은 그로부터 대략 40개월 후의 일이다. 홍콩 페닌슐라호텔에서 일어난 일에 대한 뉴스를 본 맹순영은, 놀랍게도 그간 나를 잊고 지낼 만큼 바빴던 맹순영은, 뉴스를 보고 비로소 다시 한번 나를 떠올린다. 장국영이 먼 미래에 있으리라는 것을 떠올린다. 그 사실을 맹순영은 아무에게도 말하지 않고 혼자 믿는다.

때문에 맹순영은 지금 나를 기다리고 있다. 나의 모습으로 등장할 다음 기회를. 그러나 다음 기회는 맹순영이 기억하는 나의 모습으로 나타나지 않을 것이다. 다만 오랜—너무도—기나긴 시간이 지난 지금 나는 확실히 말할 수 있다. 그것이 맹순영의 앞에 당도하는 것만은 정해져 있는 사실이다. 이 사실을 잘 알고 있기 때문에 맹순영은 조급해하지 않는다. 맹순영은 배우고, 이 사실은 그 존재의 자조와 자존의 영원한 근거가 된다.

이때의 영원이란 정지되지 않는 시간의 화상 위에 한 컷씩, 멀고 무관하게 느껴지는 장면마다 잊을 수 없는 흔적을 남기며 도약하여 반복되는 방식을 말한다.

민영이

깨어나보니 병원이었습니다. 나는 잘 자고 일어났습니다. 아주 푹 잤을 때는 저절로 눈이 뜨이곤 하잖아요. 출근해야 해서, 아침부터 어딜 가야 해서 일어나는 게 아닌데도 눈을 딱 뜨면 남은 잠이 깔끔하게 닦여나가는 느낌이 들 때가 있잖아요. 하얗고 바삭바삭한 침대보와 햇빛이 원래 한 몸이었던 것처럼 겹쳐질 때, 나의 몸도 그런 것들과 한 묶음인 것처럼 개운해진 채로 깨어나게 되는, 그런 순간 말입니다.

그렇게도 깨끗하게 깨어났기에, 여기가 병원인 것을 알고 보니 의아한 느낌이 들었습니다. 천장은 우리 집 내 방 천장보다 훨씬 멀었고 필기체로 m과 l을 반복해서 쓴 것처럼 보이는 무늬의 하얀 합판 같은 것으로 되어 있었으며 왼쪽 팔에는 링거가 연결되어 있었습니다.

용량이 큰 걸 보니 약보다는 수액인 것 같네, 거의 다 맞았네. 어쩌다 병원에 와서 눕게 되었는지는 잘 모르겠지만, 심각한 건 아닌가 보네. 너무 깨끗이 잘 자고 일어난 참이어서 그런지, 갑자기 병원에 실려 오게 된 경위 따위는 천천히 알아봐도 괜찮겠지, 그런 느슨한 마음이 들었습니다. 그도 그럴 것이 아무 데도 아프지가 않았거든요. 오히려 그 어느 때보다 쌩쌩하면 쌩쌩했지요. 어디 부러진 것 같지도 않고, 머리가 심하게 아프지도 않으니 퇴근길에 교통사고를 당한 건 아닌 것 같은데, 사실 그것보다 가능성이 높은 상황은 떠오르지도 않는단 말입니다. 수액 같은 것을 맞고 있던 걸 보면 아마 회사에서 기절하듯 잠들었을 가능성이 높겠지요. 그렇다면 어제 퇴근한 기억이 없는 것도 설명이 되니까요.

나는 링거 선을 건드리지 않으려 조심하며 상체를 일으켰습니다. 마침 창가 침대 앞에 간호사님이 한 분 계셨습니다. 저기, 하고 말을 꺼내는데 잠긴 목소리가 나와서 목을 조금 가다듬고 다시 간호사님을 불렀습니다. 간호사님은 사무적이고도 친절한 표정으로 인사해주셨습니다.

"아, 일어나셨네요. 가족분들이 걱정 많이 하셨어요."

간호사님 말씀을 듣자 또 헷갈려졌습니다. 나, 그동안 몰랐지만 혹시 큰 지병 같은 게 있나? 가족들이 걱정할 정도의 상황이었던 건가? 혹시 며칠간 혼수상태였던 건 아닐까?

잘 자고 일어나 개운했던 의식에 불안감이 조금씩 끼어들기 시작했습니다. 눈을 굴려 병실 텔레비전을 보았는데 프로그램 왼쪽 상단에 "(토) 오전 9:16"이라는 자막이 나오고 있었습니다. 어제 입원해서 오늘 깨어난 게 맞거나 일주일간 의식 없이 누워 있었거나 둘 중 하나라는 뜻이겠지요. 나는 주위 눈치를 보면서 환자복 앞자락을 슬쩍 들고 코를 박아보았습니다. 딱히 고약한 냄새는 나지 않았습니다. 오히려 머리카락 끝에서 평소 즐겨 쓰던 헤어미스트의 코튼플라워 향이 아주 잔잔하게 났습니다.

나는 다시 느긋하게 생각하기로 했습니다. 잘못되어봐야 얼마나 잘못될 수 있을까요. 수액이 다 떨어지면 간호사님이 바늘을 뽑아주고 수납처로 가라고 안내해주시겠지요. 뜻하지 않게 병원비를 내게 된 것 정도가 불행이라면 불행이겠지만, 그

가뜬하고 산뜻한 잠값으로 십수만 원 정도는 크게 아깝지도 않은걸요. 요 몇 년 이렇게 편하게 자본 기억이 없습니다. 그렇지요, 회사 때문에요. 회사를 다시 떠올리니 마음이 크게 불편해졌습니다. 내 발로 병원에 온 기억은 없으니 분명 회사에서 누가 날 발견해서 병원으로 보내준 것일 텐데, 누군지는 몰라도, 도와준 것까진 고맙지만 회사에서 병원에 실려간 걸 소문이라도 내면 곤란하잖아요. 다들 남이 일 많이 하는 걸 좋아하지만, 일 많이 한 티를 내는 건 좋게 보지 않는 걸요. 누굴까, 나를 병원으로 보내준 사람? 혹시 연락이 와 있지는 않을까? 핸드폰은 오른쪽 협탁에 놓여 있었습니다. 집으려 하는데 묘하게 링거 선이 짧아서 손이 잘 닿지 않았습니다.

"민영아!"

그 순간 누군가 뒤에서 손을 뻗어 내 이마를 잡아채더니 품에 껴안았습니다.

"엄마가 얼마나 걱정했는지 알아?"

목 놓아 우는 소리가 몸통 안에서 우렁우렁 울렸습니다. 갈비뼈에 귀를 댄 채로 안겨 있는 나에게는 그 소리가 귀를 통해

내 몸 안으로 전해오는 것처럼 들렸습니다.

"갑자기 쓰러졌다고 해서 와보니까 애가 정신을 못 차리구, 으응? 장 서방 밤새 네 옆에 있다가 회사 나갔잖아. 의사가 아무리 별일 아니다 별일 아니다 해두, 남한테나 별일이 아니지 당장 내 새끼가 쓰러져서 눈을 못 뜨는데 엄마가 놀라, 안 놀라?"

한참을 숨 막히게 안겨 있고서야 품에서 벗어날 수 있었습니다.

"에구, 얼굴 상한 거 봐라. 얼른 나가서 밥 먹자."

엄마는 내 얼굴을 만지작거리며 눈곱을 떼주고 침 자국을 닦아주고 잔머리를 쓸어주고 다시 울음을 터뜨렸습니다. 엄마가 나를 얼마나 걱정했는지, 나를 얼마나 아끼고 사랑하는지가 가슴에 절절히 느껴졌습니다.

그런데 어쩌지요, 내 이름은 민영이가 아닙니다.

장 서방 같은 사람 모릅니다. 결혼은 한 적이 없습니다. 내 이름은 민영이가 아닙니다. 엄마는 몇 년 전에 돌아가셨습니다. 나는 미치지도 않았고 기억상실증 같은 것도 아닙니다. 내가 어떻게 자랐는지 내가 누구인지에 대해 아주 구체적으로 기억하고 있으며 말로도 설명할 수 있습니다. 그런데 이 사람이, 나의 엄마라고 하는 사람이 내 말을 믿어줄까요. 이 병원의 사람들은 민영이를 이렇게 사랑하는 민영이 엄마의 말보다 방금 혼수상태에서 깨어난 나의 말을 더 믿어줄까요.

그건 그렇고, 민영이는 대체 누구일까요?

추석 목전

수영은 여전히 어린애처럼 한 발은 끌고 한 발은 뜀을 뛰면서 신발을 신었다. 제자리에 서서 신발코로 지면을 툭툭 두드리면서 큰 소리로 물었다.

"정말 그렇게 입고 갈 거예요?"

마루에 앉아 있던 영지는 고개를 저었다. 수영은 안도하는 듯했다. 그런데 영지가 고개를 저은 건 옷을 갈아입겠다는 의미가 아니라 아직 다 입은 게 아니라는 뜻이었다. 들고 있던 모자를 쓰고 고개를 까닥이자 수영은 다시 인상을 찌푸렸다. 영지가 좋아하는 모자였다. 원래는 카키색이었지만 하도 빨아서 도리어 미세한 옷 먼지가 켜켜이 앉아서 언뜻 보면 연두색이나 옥색으로도 보이는 면 벙거지 모자.

"어디 헌 옷 수거함이라도 턴 거 아니죠?"

수영의 말에 영지는 그냥 웃었다. 자기 차림새가 세련되지 못하다는 건 영지도 알고 있었다. 유행이 3세기는 지났을뿐더러 겨드랑이 밑이 부슬부슬하게 일어난 볼레로, 끝단에 달린 프릴이 무릎 길이도 아니고 발목 길이도 아니고 종아리 제일 두꺼운 부분을 살랑살랑 스치는 치마.

"빈티지도 빈티지 나름이지. 그렇게 입고 다니다간 동네 중딩한테도 삥 뜯기겠다."

수영은 차를 출발시키면서 툭 내뱉었다. 영지는 그게 자기한테 말을 건 것인지 혼잣말을 한 것인지 헷갈려 그냥 가만히 있기로 했다. 수영의 차가 동네를 벗어나고 톨게이트에 진입하도록 영지도 수영도 아무 말 하지 않았다. 수영은 음악을 틀었고 이따금 내비게이션에서 속도 제한 안내가 나왔고 정신을 집중하면 음악 소리와 에어컨이 작동하는 소리를 구분해낼 수 있었다. 꾸벅꾸벅 졸기 시작한 영지에게 수영이 마침내 말을 붙여왔다.

"돈은 있어요?"

"돈?"

"가발 산다며. 가발 살 돈 있냐고요."

영지는 누비천으로 만든 손가방을 뒤져 통장을 꺼냈다. 최근 입금 내역에 정확히 찍혀 있는 이백만 원을 검지손가락 끝으로 가만히 더듬은 다음 펼쳐서 수영에게 내밀었다.

"얼마 있는지만 말해요. 운전하잖아요."

"이백만 원."

그제야 수영은 영지를 쳐다보았다. 아주 잠깐 눈을 맞췄을 뿐이지만 수영이 너무 놀란 얼굴이어서, 놀랄 필요가 없는 영지까지 덩달아 조금 놀랐다.

"그렇게 비싸요?"

"인모 수제 통가발은 대충 백만 원부터 시작한대."

영지는 통장을 접어 다시 가방에 넣고 지퍼를 채웠다.

"사람 머리? 얼마나 좋은 거 사려고요?"

수영의 물음에는 웃음기가 조금 묻어 있는 것 같았다. 영지는 쑥스러워하면서 느리게 답했다.

"머리통 모양에 맞게 맞춤 제작하면 추가 비용도 있고…… 긴 웨이브 머리 한번 해보고 싶어서."

영지는 수영이 웃지 않는지 눈치를 살피느라 말을 한번 접었다가 다시 이었다.

"웨이브 파마는 내 머리 있을 때도 못 해봤으니까."

염려와 달리 수영은 우습다고 생각하지 않는 눈치였다.

"기장에 따라서 가격이 달라요?"

"길수록 비싸지."

"미용실이랑 똑같네요."

영지는 슬쩍 운전대 너머 계기판을 건너다보았다. 속도를 가리키는 바늘은 100km/h 위아래로 미세하게 흔들리고 있었다. 실감이 나지 않는 속도였다. 도로에는 수영의 차밖에 없었고 차창을 스치는 잡목이며 가드레일 같은 것들은 녹색과 재색의 긴 선처럼 흐리게 보였다. 그런 풍경 속에 차를 세워두고 잘 모르는 사람과 대화하고 있는 듯한, 생경한 기분이 들었다.

"그 돈은 어디서 났어요?"

수영이 다시 물었다. 계기판을 살피는 일에 정신이 팔려 있던 영지는 조금 뒤늦게 반응했다.

"가발계 들었어."

"계요? 그런 걸로도 계를 해요?"

계라면 돈 모아서 돌아가면서 뭐 장만하고, 그런 거 말하는 거 맞죠? 수영은 자기가 맞게 들은 거냐는 듯 비슷한 질문을 여러 번 바꾸어 했다. 좀처럼 화를 내는 일이 없는 영지에게도 그건 다소 기분이 상하는 반응이었다.

"못 할 건 뭐야."

"몇 명이나 들었는데요?"

"나까지 다섯 명."

"그 쪼그만 동네에 인모 가발 필요한 사람이 다섯이나 된다고요? 헐."

수영은 웃었고 영지는 대답하지 않았다.

막내 작은아버지의 외동딸인 수영이 큰댁인 영지네에 온 것은 6년 만의 일이었다. 영지의 아버지, 그러니까 수영의 큰아버지가 아무리 명절 음식이라지만 그만 좀 먹고 몸 생각 좀 하라고 한마디 한 이후 수영은 다시는 큰댁에 오지 않기로 했다. 수영은 그 말을 듣자마자 영지의 아버지를 똑바로 노려보고는 밥숟가락을 딱 소리 나게 내려놓고 상에서 물러났다. 상 위에 잠시 스산한 기운이 감돌았겠지만 그 자리에선 일단 영지 아버지 말대로 된 셈이니, 식사는 계속되었을 것이다. 수영이 이후 다시는 명절 인사를 드리러 오지 않게 될 줄이야 아무도 몰랐겠지만, 계집애 하나가 안 온다고 딱히 문제 될 것도 없기는 했다. 말동무 하나가 줄어 수영 또래 사촌 애들이나 좀 아쉬워 했을까.

당시에 한창 투병 중이던 영지는 그런 사정을 나중에야 알고 깜짝 놀랐다. 수영은 확실히 통통한 아이였고 아버지가 수영에게 한 말은 타당한 지적 같았다. 그런데 어른이 맞는 말씀 한마디 했기로서니 명절에 큰댁에 가지 않겠다고 선언하는 고집이며, 어린애가 그런 고집을 피운다고 들어주는 작은아버지 내외의 순순함이며, 사람이 든 자리는 몰라도 난 자리는 안다고 했거늘 그 얘기를 한참 뒤에야 쉬쉬하며 들려주는 어른들의 좀스러움, 그 일에 엮여 있는 모든 내심들이 놀라웠다.

그런 수영이 추석을 앞두고 오랜만에 큰댁에 들른 것은 오로지 영지를 가발 가게에 데려다주기 위해서였다. 서울 사는 친척이 데리러 올 거라는 말은 어머니에게 들었지만 그게 수영일 줄은 예상치 못했기 때문에 영지는 또 놀랐다. 자기보다 한참 어린 사촌, 그중에서도 여동생이 혼자 운전을 해서 서울에서 자기 집까지 온 것도 놀라웠고, 오랜만에 본 그 애의 모습에 항암 시작 전에 본 통통한 중학생의 모습이 거의 남아 있지 않은 것 또한 놀라웠다. 살 빼니까 얼마나 보기 좋냐? 그러게 진작 큰아버지 말대로 살을 빼지 그랬냐? 영지 아버지는 속없이 툭툭 농담을 던졌지만 수영은 대답하지 않았다. 아버지 때문에 살을 뺀 게 아니에요. 아버지 덕분이 아니라고요. 영지는 가만히 무릎 위로 주먹을 쥐고 있는 수영의 표정을 읽으며 속으로 대신 대꾸했다. 그래 이번 추석엔 올 거냐? 살도 뺐는데 이제 좀 와서 거들지 그러냐? 아버지의 그 말에도 수영은 대답하지 않았다.

수영이 웃지도 않고 한마디도 하지 않아서 영지는 도리어 알 것 같았다. 이 애가 명절에 이 집에 오는 일은 앞으로도 내내 일어나지 않을 것이고, 그러니 여기에 온 건 오로지 나 때문이구나. 날 위해서구나.

그러니 수영이 말 몇 마디 곱지 않게 한다고 영지까지 미운 마음을 먹어서는 안 됐다.

"너는 머리 왜 안 길러?"

한참 만에 영지가 먼저 물었다. 귀 옆부터 뒤통수까지 거의 가파르게 깎다시피 한 짧은 머리를 비교적 길고 윤이 반드레한 윗머리가 덮고 있었고, 귓바퀴에 쿡쿡 박혀 있는 피어싱도 흘러내린 윗머리에 반쯤 가려져 있었다. 아버지가 이런 것을, 말하자면 계집애답지 못한 나머지 것들은 다 못 본 체하고 자기 말을 들어 살을 뺐다고 칭찬만 한 것이 떠올라 새삼 우스웠다. 수영은 조금 머뭇거리다가 대답했다.

"숱 많아서. 관리 안 돼서. 귀찮아서."

"작은엄마 닮았나 보다. 우리 친가는 다 숱 적잖아."

영지는 그렇게 대답했다. 영지는 갖고 싶어도 가질 수 없는 것을, 그저 귀찮다고 해버리는 태도에 전혀 상처를 받지 않은 것도 아니기는 했지만, 실제로 그렇게 느끼는데 예의를 차리느라 거짓말을 하는 것보다는 나은 것 같았다. 적어도 나를 배려한답시고 속이려고 들지는 않는구나. 영지에게는 그 편이 나았다.

"언니는 왜 가발 이제 만들어요?"

"다시 날 줄 알았는데 영 안 나서."

방사선치료 때문에 소실된 모발은 모근 관리만 잘 해주면 수년에 걸쳐 다시 회복된다고 의사는 말했다. 가발을 쓰면 사회생활 복귀는 빠르지만 두피가 숨을 쉬지 못해서 머리가 더디 난다는 환우들의 귀띔도 신경이 쓰였다. 영지도 그래서 기다렸지만 원래도 힘이 약하고 숱이 적었던 영지의 머리카락은 다시 돌아와주지 않았다.

"그게 아니라요. 보통은 항암 시작하자마자 모자가발 같은 거 사지 않나?"

"많이들 쓰지. 나는 안 써봤어."

"개나 소나 쓰는 모자가발도 안 쓰다가 갑자기 인모 통가발이 웬 말이냐고요."

그러고 보니 말을 꺼내보지 않은 것은 아니었다. 병원비도 부담스러운데 멋을 내려고 한다고 혼날까 봐 아버지에게 직접 말하지 못했지만. 제일 먼저 오빠를 슬쩍 떠보았고 오빠는 영지가 머리 때문에 속상해하는 것 같다고 엄마에게 전했으며 엄마는 아버지에게 영지 모자가발 하나 사다 주자고 했는데, 곧 아버지가 영지에게 와서 항암 치료를 하면서 멋을 내려고 하는 여자들의 허영심에 대해 일장 연설을 늘어놓았다. 그러니까 조금 에둘러 도달했을 뿐, 결국 결론은 같은 일이었다.

"큰집 분위기 봤을 때 계집애가 치장에 돈 쓸 궁리나 한다고 욕먹기 딱 좋은 것 같은데."

그러니까 수영은 정확하게 본 것이었다. 한 달에 십만 원씩 걷는 가발계를 들고서도 기껏 모은 가발값을 몰수당할까 마음 졸인 적이 한두 번이 아니었다. 모아둔 돈 있으면 너도 가발 하나 맞추라는 아버지의 승인은 기쁜 만큼 뜬금없는 것이기도 했다.

"할아버지 돌아가시기 전에 명절에 한복 입고 머리 예쁘게 하고 절 한번 올리자고 하시더라고."

"누가요?"

"아버지가."

영지의 말에 수영은 흥 하고 콧방귀를 뀌었다.

"뭔, 씨, 어차피 오늘내일 하는 노인네한테 잘 보인다고 그런 짓을 해."

"말 조심해."

여태 잘 웃어주고 사근사근하던 영지가 즉각 보인 반응에 수영은 조금 놀란 듯 보였다. 영지도 놀랐다. 수영의 말이 틀렸다고 생각하는 게 아니었다. 조금 다른 의미가 있었다. 물론 영지는 될 수 있는 한 예의를 갖춰야 한다고 믿었다. 그렇지만 그 까닭은 할아버지가 집안의 큰 어른이셔서가 아니고 그가 곧 죽을 것이어서였다. 불과 몇 년 전 영지도 그 문턱에 한 발을 걸치고 있었다. 죽기 전에 누릴 수 있는 것은 모두 누리게 해주는 것이 가족들의 몫이라고 영지는 생각했다. 자기가 받았어야 할 대접을 할아버지에게 베풀고 싶었다. 그때 그 몫을 모두 누렸다는 생각은 아무래도 들지 않지만, 어쨌든 나는 살았으니까……. 영지는 살면서 천천히 그것들을 챙기고 싶었다. 돌아오지 않는 머리는 어쩔 수 없다고 하더라도.

"한복에 긴 머리 웨이브 가발이 웬 말이야. 한복은 올림머리지. 어디 한복집 같은 데서 마네킹 머리 벗겨다 쓰든가."

수영이 투덜거리는 소리를 들으며 영지는 다시 꾸벅꾸벅 졸았다. 잠기운이 가실 무렵 영지는 똑같은 간판을 여러 번 다시 발견하면서 이게 꿈인가, 생각했다. 꿈이 아니고 을지로였다. 완전히 깨고 보니 수영의 차는 계속 같은 구간을 돌고 있었다.

"상호가 뭐였죠? 왜 안 보이지."

"일단 근처에 차 대고 걸으면서 찾아볼까?"

영지의 제안에 수영은 근처 공영 주차장에 차를 세웠다.

"내비 보면 이 근처에 분명히 있는데……. 몇 층이래요?

"장인 가게라서 그런 거 아닐까?"

"얼마나 장인인데요?"

"진짜 사람 머리 같대."

"진짜 사람 머리로 만드니까 진짜 사람 머리 같겠지."

"아니야, 보기에만 그런 게 아니라 쓰는 사람 입장에서 그래야지. 정말 신이 두피에 모근을 하나하나 박듯이 만든대. 엄청 세심하게 잘 만들어서 여름에도 두피에 땀이 안 찬대."

영지와 수영은 공영 주차장 근처 건물을 탑돌이 하듯 돌고 있었다. 가발계 계원이 적어준 주소를 입력해둔 핸드폰 내비는 한 빌딩을 중심으로 빙글빙글 회전했다. 가을이라지만 아직은

볕이 쨍쨍해 모자 안에서 열이 훅훅 새어 나왔다. 영지는 목덜미와 귀밑 땀을 슬쩍슬쩍 훔쳤다.

"언니 사기당한 거 아니에요?"

"사기를 치려면 겟돈을 가지고 쳤겠지, 뭐 하러 주소 가지고 쳐."

수영은 답답하다는 듯 건물로 들어가더니 엘리베이터 앞에 적힌 상호를 하나하나 소리 내서 읽었다. 가발의 가 자도, 헤어의 헤 자도 들어가지 않는 사무실뿐이었다. 혹시나 싶어 지하까지 내려가보았지만 가게가 있을 만한 공간이 아닐뿐더러 문도 잠겨 있었다. 수영을 따라 빌딩에 들어갔던 영지는 다시 허청거리며 나와 건물 현관에 쪼그리고 앉아 울기 시작했다. 수영은 찌푸린 얼굴로 주위를 둘러보다가 옆 건물 1층에 있는 공인중개사 사무소를 발견하고 들어갔다.

"말씀 좀 여쭐게요. 여기 어디 수제 가발 장인…… 그런 거 있지 않았나요?"

공인중개사 사무실을 지키던 노인은 이런 물음을 처음 듣는 것도 아니라는 듯이 주변에 실제로 소문난 가발 가게가 있었다는 이야기를 했다. 노인은 긴 이야기를 했지만 요약하면 암 환자들에게 가발 장사를 하던 그 사람도 암 환자가 되었다는 얘기였다.

수영은 여전히 앉은자리에서 울고 있는 영지에게 돌아와 옆에 앉았다. 영지는 곧 울음을 그쳤다. 수영은 공인중개사 노인에게 들은 이야기를 영지에게 전했다. 가발 장인에게 암이 생겼다는 이야기는 하지 않았다.

"꼭 거기서 사야 하는 건 아니잖아. 맞죠?"

다시 차에 올라 안전벨트를 채우면서 수영은 말했다.

"꼭 맞춤일 필요도 사실 없어. 매일 쓰고 다니면 1년밖에 못 쓴대. 그럼 조금 저렴한 거 여러 번 사는 게 차라리 낫지……."

대답하다 문득, 수영이 여기까지 자기를 데리고 온 게 헛수고라고 느낄까 봐 영지는 말을 돌렸다.

"만약 가발을 샀어도 난 잘 쓰고 다니지도 못했을 거야."

"왜요?"

"아까워서……."

그렇게 말하고 영지는 조금 더 울었다. 영지가 울음을 그쳐

갈 즈음 수영은 차를 출발시키면서 다시 말을 걸어왔다.

“가발계 회원들은 다 암 환자예요?”

“왜 그렇게 생각해?”

“여자는 탈모 안 오잖아요.”

“아냐, 여자도 생각보다 탈모 많이 와. 머리 너무 바짝 쫌매서도 그렇고 단순 노화로도 오고 건강 때문에도 그렇고. 우리 모임엔 거식증 때문에 머리 다 빠진 분도 계시고…….”

“그리고?”

“의처증 남편이 머리에 약 부어서 두피가 다 녹아버린 분도 계셔.”

수영은 하, 하고 탄식을 내뱉었다.

“그 작은 동네에서요?”

“동네가 작은 게 뭐?”

영지가 되묻자 수영은 말문이 막힌 듯했다. 침묵이 계속되자 영지는 다시 말을 돌렸다.

“사실 나 아마 선볼 것 같아. 할아버지는 핑계고.”

“갑자기 선이요?”

"갑자기라니, 나 서른 넘었어."

대화가 어색해지고 있는 것은 수영이 음악을 틀지 않아서라고 생각하며 영지는 가방을 매만졌다.

"딱히 하는 일도 없는 딸 계속 데리고 있는 것도 흉이야, 우리 동네에서는."

한동안 말이 없던 수영은 뜬금없는 소리로 다시 입을 열었다.

"언니 홍대 가봤어요?"

"아니."

영지로서는 서울에 온 적 자체가 별로 없었다. 학창 시절 현장학습으로 박물관이나 놀이공원에 다닌 기억 정도가 다였다. 기왕 온 김에 서울 구경을 조금 해보고 싶기도 했지만, 수영과 워낙 어색한 사이여서 그런 것까지는 부탁하기 어렵겠거니 처음부터 마음을 접고 있었다.

"데려가주려고?"

"그걸 또 뭘 데려가준다고까지 해요, 그냥 같이 가는 거지."

영지는 수영의 말이 맞다고 생각했지만 정말로 홍대에 대해 하나도 몰랐기에 고개를 크게 끄덕일 수 없었다.

수영과 영지가 제일 먼저 찾은 곳은 스티커 사진 가게였다. 수영은 머뭇거리는 영지의 머리에서 벙거지 모자를 잡아채 벗기고 대신 핑크색 웨이브 머리 가발을 씌우고 자기도 샛노란 아프로 스타일 가발을 썼다. 얼마나 많은 사람의 정수리를 덮었을지 모르는 가발이 맨두피에 닿는 것이 찝찝해서 영지는 계속 굳은 표정으로 사진을 찍었다. 스티커 사진을 반씩 나눠 들고 나와서 초밥 가게에 갔다. 초밥을 먹고 나서는 한참 걸어서 가발 가게에 갔다. 인모 가발의 10분의 1 가격이면 살 수 있는 인조모 긴 머리 웨이브 가발이 잔뜩 있었다.

"나 이 머리 안 어울리는구나."

직원이 씌워준 암갈색 웨이브 가발의 끝을 만지작거리며 영지는 멋쩍게 웃었다.

"어울리는데."

수영의 말에 영지는 또 웃었다. 시착해본 가발 두 채를 결제하고도 백오십만 원이 넘는 돈이 남았다.

"남은 돈으로 그냥 언니 하고 싶은 거 해요."

집으로 다시 영지를 데려다주는 길에 수영은 그렇게 말했다.

영지는 뭘 하고 싶은지를 생각할 일이 별로 없었다. 투병 생활을 할 때 너무 많이 한 탓이었을까. 거의 다 써버려서 더는 나오지 않는 치약처럼, 하고 싶은 일이 더는 생각나지 않았지만, 그때 했던 생각들 중 정말로 이룬 것은 거의 없기도 했다. 투병을 할 때에는 그나마 이십대였지만 이제는 늦지 않았을까 하는 생각도 발목을 잡았다.

"어차피 가발 하나 오래 못 쓰니까 적당한 가격으로 여러 번 새로 살 거라면서요. 그 돈으로 새 가발 살 돈을 벌어요. 그럴 방법을 찾아보라고요. 가발계 같은 거 들고 1~2년씩 기다렸다 사는 거 말고. 또 모르죠, 대박 나서 인모 가발도 맘껏 살 수 있을지도 모르잖아요."

얘는 언제 이렇게 어른스러운 말을 할 수 있을 만큼 컸을까. 영지는 신기한 마음으로 운전하는 수영의 옆얼굴을 바라보았다. 운전대를 잡은 수영의 왼팔 안쪽에 작은 레터링 타투가 자리한 것이 새삼 눈에 들어왔다. 내가 해보고 싶은 거. 우선 저걸 해볼까. 얼마인지 물어보고 다음에 혹시 또 데리러 와줄 수 있겠냐고 해야지. 얘라면 싫다면서도 뻔뻔하다고 욕하면서도 데리러 와줄 것 같은 마음이 들어. 영지는 그런 생각을 하면서 꾸벅꾸벅 졸기 시작했다.

"한 2~3년만 기다려주면 내 머리 길러서 줄 수도 있고요."

수영은 그렇게 말하고는 영지의 표정을 살폈다. 잠든 영지는 수영의 결심을 듣지 못했다. 그렇다고 수영의 다짐이 무효가 되지는 않을 터였다.

자면서도 영지는 수영과 함께 찍은 스티커 사진을 손에서 놓치지 않았다. 컬러와 흑백 두 가지로 나온 스티커 사진 속의 영지와 수영은 꼭 사촌만큼 닮아 보였다.

공룡광 시대

출구 계단은 위쪽 절반만 짙은 회색으로 젖어 있었다. 나는 조카의 어깨를 짚은 채로 반의반도 보이지 않는 출구 바깥의 하늘을 올려다보았다. 바깥이 어두워 보이는 게 계단 아래에 있어서인지 실제로 구름이 두껍게 끼어 그런 것인지 잘 짐작되지 않았다. 비가 그친 걸까?

"승아야, 우산 이모 줘."

"싫어."

조카는 우산을 휘두르며 계단을 뛰어올랐다.

"그렇게 휘두르다가 다른 사람 치면 안 되잖아."

세 계단쯤 올라서자 나와 조카의 눈높이가 비슷했다. 조카는 새쭉한 표정으로 우산을 건네고 다시 돌아서서 성큼성큼 계단을 올랐다. 왜 다른 사람을 치면 안 되는지까지는 설명하지 않아도 괜찮아서 다행이었다. 어린아이들이라면 누구나 통과하는 지옥의 '왜요 귀신' 구간이, 조카의 경우에는 유독 길었다. 엄밀히 말하면 우산을 내게 주기 싫다는 의사 표현 역시 '왜' 예쁜 자기 우산을 이모한테 맡겨야 하는지 모르겠다는 뜻을 담고 있겠지만.

계단을 반쯤 오르자 민형이 보이기 시작했다. 어쩐지 민망해서 고개를 떨구고 걸었다. 단 차가 이렇게 나는 상태에서, 친한 것도 아니고 전혀 모르는 것도 아닌 사람과 서로 얼굴을 확인하고 점점 가까워지는 건 기분이 이상한 일이라는 걸 새삼 알게 되었다. 조카가 먼저 계단 꼭대기에 올라 민형과 인사를 나누었다. 한발 늦게 출구를 빠져나온 탓인지 나야말로 두 사람의 약속에 낀 불청객이 된 듯한 느낌이 들었다.

"잘 지내셨어요?"

민형은 오른손을 내밀었다. 방금까지 메신저로 대화하던 사람한테 잘 지내셨냐는 인사가 적절한지 부적절한지는 둘째 치고, 소개팅 상대와 보통 악수로 인사를 하던가? 이건 무슨, 두 번째 만남에서 허용되는 스킨십 같은 걸 의미하는 건가? 어색하게 손을 내밀어 응수하자 민형의 표정이 변했다.

"아, 우산. 제가 들어드리려고."

"아, 네. 고맙습니다. 괜찮아요."

나는 횡설수설하며 조카의 우산과 내 우산을 품에 바싹 끌어안았다. 얇은 여름 상의에 물기가 스미는 것이 신경 쓰였지만, 그 상황의 어색함과 민망함보다는 훨씬 견딜 만했다.

소개팅으로 만난 사람과의 두 번째 만남에 조카를 데리고 온 건 내 뜻이 아니었다. 오늘은 언니와 조카 둘이 놀기로 한 날이었고, 방향이 같은 김에 언니 차를 얻어 탄 것이 화근이었다.

"비 오네."

언니가 와이퍼를 올리기 무섭게 음악이 멎고 핸드폰 벨 소리가 서라운드 오디오 시스템으로 울려 퍼졌다. 블루투스로 카오디오에 연결해둔 언니 핸드폰으로 전화가 온 것이었다. 회사에서 온 연락이었다. 말레이시아에서 온 클라이언트에게 서울 도심 사이트싱을 시켜줘야겠다는 거였다. 클라이언트가 케이

팝에 많은 관심을 보이고 있다는 걸 마치 영양가가 높은 팁처럼 언급하면서.

"저 오늘 월차 썼는데요!"

언니는 황당하다는 듯 외쳤지만 상대는 막무가내였다. 오늘 월차는 없던 걸로 하고 다른 날 또 쓰면 되지 않냐는 식으로. 아니, 다른 사람은 다 뭐 하고? 나도 황당했지만 내가 끼어들 자리가 아닌 것을 알기에 잠자코 있었다. 이런 일에 눈치를 볼 리 없는 조카마저 조용히 있었다. 전화를 끊고 언니는 한숨을 깊이 내쉬었다.

"아, 어떡하지."

언니도 연차가 적은 편은 아니지만 소속 부서에서는 제일 연소자였다. 위로는 아무것도 못하는 남자들밖에 없다고 툴툴대는 걸 한두 번 본 게 아니어서 어떤 상황인지는 대충 짐작이 갔다. 나는 안전벨트를 죽 당겨 늘이며 뒷좌석을 돌아보았다.

"승아야, 이모랑 집에 가자."

"싫어."

"엄마 오늘은 같이 못 논대. 이모랑 가자."

"싫어. 집에 안 가."

조카는 울상을 짓고 손에 쥔 공룡 장난감을 으스러뜨릴 듯이 쥐었다. 저런 버릇은 어디서 들인 거지? 내 아이도 아니니 마음대로 뭐라고 할 순 없겠지만, 나라면 가만 안 뒀을 텐데.

"그래, 이모랑 가. 오늘은 이모랑 아저씨 만나서 놀아."

나는 자세를 바로잡고 언니를 쳐다보았다.

"뭐라고?"

"승아 오늘 엘사 드레스 입어서 그냥 집에 가면 난리 나. 그냥 데리고 가서 잠깐만 봐줘."

"무슨…… 누가 소개팅 애프터에 애를 데리고 가?"

"민형 씨도 승아 본 적 있어서 괜찮을 거야."

"한번 물어나 볼게."

말한 대로 민형에게 '죄송한데 갑자기 조카를 돌보게 됐어요. 데리고 가도 되나요? 아니면 그냥 다음에 뵙고요' 하고 메시지를 보냈지만 긍정적인 답을 기대하지는 않았다. 이렇게까지 해가면서 만나야 하나, 잘 모르겠다, 는 생각이 들었다.

애초에 두 번째 만남을 갖기로 한 것 역시 전적으로 내 의사에 따른 결정이라 할 수 없었다.

"세 번까지만 만나봐. 세 번까지는 주선자에 대한 예의야."

민형을 소개해준 언니의 간곡한 부탁이었다.

이미 약속이 몇 번 파투 난 참이었다. 한 번은 내 사정이었고 두 번은 그의 사정이었다. 직전 약속도 당일에 갑자기 일이 생겨서 취소한 것이었다. 이쯤 미뤄졌다면 인연이 없거나 마음이 없는 걸로 보고 끝내는 게 맞지 않나 싶었지만, 민형 역시 나처럼 알게 모르게 압력을 받고 있는 모양이었다. 세 번까지는 만나는 게 주선자에 대한 예의라는 국적 불명의 에티켓.

민형에게서 답장이 왔다. 알겠습니다. 괜찮습니다? 착한 척이야 뭐야. 주선자가 언니만 아니었어도 역시 안 된대, 하고 적당히 뻥이라도 칠 텐데.

더 미룰 수도 만나지 않을 수도 없었다. 민형은 오늘의 만남을 위해 반차까지 낸 상태였고, 우리가 보기로 한 미술가 F의 개인전은 나흘 뒤에 끝날 예정이었다.

"저기 세울 테니까 트렁크에서 우산 꺼내 가."

언니가 깜빡이를 켜면서 턱짓으로 길가를 가리켰다. 찔끔찔

끔 오래 내릴 듯한 비가 차창을 두드리고 있었다.

평일 낮인데도 사람이 적지 않았다. 특히 출입구 근처 포토존이 붐볐다. 관람객들이 너도나도 줄을 서서 인증샷을 찍고 있었다. 안내원은 약간 쉰 듯한 목소리로 관람 마치신 분들만 오시라고 외치고 있었는데, 오히려 그 멘트 때문에 입장하자마자 인증샷을 남기려는 사람들이 몰려드는 형편이었다.

"승아도 사진 찍을래?"

조카는 그새 뭔가 불만이 생겼는지 입을 가로로 길게 다문 채 도리질을 쳤다. 언니가 사진 많이 찍어줘야 된다고 했는데 얘가 싫다니 큰일이네. 예매해둔 티켓을 수령하고 소아 입장권을 추가로 구입하면서 생각했다.

민형이 만나자고 한 때는 마침 도슨트의 순회가 있는 시각이었다. 도슨트의 설명을 들으려는 사람들이 한데 뭉쳐 다녔기 때문에 그 무리보다 조금 천천히 이동하면 비교적 차분하게 돌아다닐 수 있었다. 감상에 완벽하게 집중할 수 있는 상황은 아니었지만 현대미술을 이해 못하는 사람처럼 보이고 싶지는 않아서, 속으로 숫자를 헤아리며 걸음을 옮겼다. 작품을 보기나 한 걸까 의심될 만큼 짧지도 않고 조카가 가자고 보챌 만큼 길지도 않은 시간은 정확히 24초 정도였다.

미술가 F는 민형과 내가 첫 만남과 메신저에서 나눈 대화로 확인한 범위 내에서 얼마 안 되는 교집합에 들어 있는 작가였다. 교집합이 맞나? 사실 나는 F를, F의 작품을 좋아한다고 단언하기 어려운 편이었다. 좋아하는 정도까지는 아니고, 그냥 그전에 그 사람이 참여한 작품전을 본 적이 있는 정도. 그래서 싫으냐 하면 그야 인상 깊게 봤으니까 그 사람의 타이틀들을 따로 기억하고 있는 것이겠지만, 오늘 개인전을 꼭 보지 않으면, 이 전시회를 놓치면 후회할 만큼 좋아하는가 하면, 글쎄 그건 잘 모르겠어. 그런 기분이었다.

"주리 씨는 뭘 좋아해요?"

불쑥 민형이 물었다. 내가 한참 하던 생각을 읽은 듯이.

"뭐, 다 좋아하죠……."

그렇지만 싫은 게 많은 사람처럼 보이고 싶지는 않았다. 굳이 내가 정말로 싫어하는 것이 있다면, 쓸데없이 까다로운 사람처럼 보이는 것이었다.

"그럼 저녁에 뭐 먹을까요? 이 주변에 뭐가 많다 보니까."

아, 그런 물음이었나. 딴생각에 잠겨 눈으로만 대충 훑었던 그림들 중 뭐가 제일 나았던가를 애써 떠올리다 맥이 탁 풀렸다.

"나 목말라."

뭐라고 대답해야 좋을지 난감해하는 차에 조카가 끼어들었다. 데리고 오기를 조금은 잘한 것 같기도 하네, 엉뚱하게 그런 생각이 들었다.

"우리 이거 그만 보고 빙수 먹으러 갈까?"

민형이 묻자 조카는 응! 하고 힘차게 대답하며 고개를 끄덕였다. 조카는 그 말 한마디에 기분이 어찌나 좋아졌는지 나가는 길에 포토 존에서 인증샷을 찍는 것까지 허락해주었다. 누굴 닮아서 이렇게 공주일까. 민형이 한쪽 무릎을 꿇고 조카의 사진을 찍어줄 동안 나는 뒤에서 어린이용 우산으로 바닥을 톡톡 짚고 있었다.

민형은 언니가 소개해준 세 번째 남자였다. 먼젓번 두 사람

은 언니의 대학 후배, 직장 후배였고, 민형은 형부의 지인이었다. 하나같이 좋은 사람이라며 소개받았지만 영 좋아지지 않았다. 그게 내 책임일까? 좋은 사람의 반대말은 나쁜 사람이지만 좋다의 반의어가 항상 나쁘다는 아니잖아. 좋은 사람인데 싫을 수도 있지. 나쁘지 않지만 좋지도 않을 수 있는 거지.

민형과 처음 만난 날에 언니는 삼십 분에 한 번꼴로 내 상태를 체크했다. 오후 세 시에 만나서 열 시에 헤어졌는데 그사이에 메시지는 물론이고 전화를 건 것만 다섯 번이었다. 집에 가는 길에 건 전화를 언니는 곧바로 받았다. 통화 연결음이 1.5회 울린 시점이었다. 언니는 그렇게 오래 같이 있었다는 건 마음에 든다는 뜻이냐고 반색을 하는 한편 잔소리도 잊지 않았다.

"첫 만남에 술을 마시면 어떡하니? 날라린 줄 알겠다."

"언니, 언제 적 얘기하는 거야? 대학 때도 다 처음부터 술 마시면서 친해졌잖아."

"그게 아니고 내가 전에 소개해준 애들은 첫날에 말도 섞고 잔도 섞고 몸도…… 어머 내가 애 앞에서 뭔 소리를 하는 거니."

언니는 말하다 말고 키득키득 웃었다. 조카가 언니가 하는 말을 알아들으려면 지금보다 열 살은 더 먹어야 할 텐데. 그보다 아직 조카가 안 자고 있다면, 일단은 그게 더 문제가 아닌가?

"걔들은 잘됐으니까 상관없는데 소개팅에 처음부터 술 먹자고 하면 좀 그게 급한 티가 나잖아. 남자가 그러면 정 떨어지지 않디?"

"내가 마시자고 했어."

어머, 어머, 어머 하는 언니의 호들갑을 들으며 전화를 끊었다. 생각보다 훨씬 오래 같이 있었다는 것을 깨닫고 놀란 쪽은 나였다. 할 얘기가 너무 없어서 하품이 나올 만큼 지루했고, 예의상 하품을 참느니보다 뭐라도 재미있는 이야기가 나오길 바랐기에 술이나 마시러 가자고 한 것이었다.

아, 그러고 보니 이 사람, 그때도 물어봤다. 주리 씨는 뭘 좋아해요? 라고.

"저는 호불호가 그렇게 딱 떨어지는 편은 아닌 것 같아요."

뭐 이런 걸 물어보나, 생각하면서 그렇게 대답했다. 뭐든 그렇잖아. 좋아할 만하면 싫은 점도 있고, 덮어놓고 싫다기에는 그럴싸한 구석이 있고. 조금 더 구체적인 것은 궁금하지 않은 걸까? 나와 언니, 형부와 민형, 그러니까 우리와 주선자들의 관계가 어떠한지에 대해서, 혈액형과 별자리에 대해서, 장차의 계획과 가족관에 대해서 조심스럽게 간을 보지 않나? 보통은.

애초에 현대인이 무언가나 누군가를 좋아하거나 싫어하게 되는 프로세스는 그렇게 간단하지 않다는 게 내 생각이었다. 그러니까 그건 나만의 문제가 아니라고 생각하고 싶었지만, 내가 뭔가를 좋아한다고 선언할 수 있게 되기까지 남들보다 더 긴 시간을 필요로 하는 것도 부인할 수 없는 사실이었다.

"싫어. 이모가 들어."

비가 다시 내리기 시작했지만 조카는 우산을 들지 않겠다고 고집을 부렸다.

"너 아까는 우산 이모한테 주기 싫다며."

"내가 언제? 몇 시 몇 분 몇 초에?"

억지를 부리는 것은 곧 폭발할 조짐이었다. 지하철역에서 미술관까지, 다시 미술관에서 호텔까지, 너무 오래 걸어서 피곤한 게 분명했다. 피곤한 것과 화나는 것을 잘 구분하지 못하는 어린애는 조카만이 아니었다. 아이들은 원래가 다 피로를 분노로 표현하게 되어 있는지, 아니면 어른이 되면서 우리가 까먹었을 뿐 그 두 가지는 사실 같은 것인지 알고 싶은 마음이 들었다. 덕수궁 돌담 뒷길에서 애 하나를 두고 쩔쩔매고 있자니 나야말로 피곤한 건지 화나는 건지 구분이 안 되어서 더 그랬다.

"승아야, 아저씨가 승아 들어도 돼?"

민형의 제안에 조카가 고개를 끄덕였다. 민형은 내게 우산을 맡기고 조카를 안아 올렸다. 조카가 민형의 목에 팔을 두르면서 공룡 장난감으로 목덜미를 할퀴었다.

"승아 너."

"아, 괜찮습니다."

민형은 우산을 넘겨받으면서 자연스럽게 조카에게 말을 걸었다.

"트리케라톱스 좋아해?"

"응."

"공룡 이름 많이 알아, 승아?"

"파키케팔로사우르스."

조카는 자신만만하게 이름 하나를 댔다. 그게 대답 대신인 모양이었다.

"박치기 공룡 말이구나. 스테고사우르스."

"선인장 공룡. 티라노사우르스."

"에이, 그건 다 아는 거잖아. 브라키오사우르스."

"내가 하려고 했는데! 파라사우롤로푸스."

조카와 민형은 호텔에 도착할 때까지 공룡 이름 대기 시합을 벌였다. 줄잡아 50개는 넘는 공룡 이름이 오갔다. 애라고 져주지 않는구나. 그게 좋다, 나쁘다를 따지고 싶지는 않았고, 그냥 그렇구나 하는 생각이 들었다.

호텔 로비에서 언니 전화를 받았다. 클라이언트를 신촌으로 데려가 영어 자막 영화표를 끊어줬다고, 곧 조카를 데리러 오겠다는 전화였다. 그사이 민형은 조카를 데리고 2층 카페로 올라가서 망고빙수를 주문했다. 2층으로 올라가는 동안에도, 그러니까 실내에 들어왔는데도 조카는 민형의 목에 매달려 공룡 이름을 외고 있었다.

"민형 씨는 공룡 이름을 어떻게 그렇게 많이 알아요?"

빙수가 나와서 시합은 소강상태로 접어들었다. 조카는 숟가락에 망고빙수의 미니어처를 만들 듯 집중해 얼음과 연유와 망고의 비율을 조절해 입에 넣고 있었다. 조카의 입맛이 고급인 것은 확실히 언니를 닮은 듯했다. 민형은 웃지도 않고 대답했다.

"남자애들은 대체로 공룡광 시대를 겪잖아요."

"그게 남아 여아 구분이 있는 거였어요?"

"아마도?"

"우리 동네에서 공룡 이름 제일 많이 외우는 사람은 우리 언니였어요. 나도 중간은 갔어요. 오히려 언니가 너무 달달 외워서 빨리 질려서 그 정도였지."

"남아가 여아보다 잘 외워서 그런 게 아니에요. 일종의 파워게임이라서 그런 거죠. 남자애들은 길고 어려운 단어를 잘 외우는 게 자기 능력을 증명하는 방법이라고 생각하니까요."

"여자애들은요?"

"그런 파워 게임이 의미가 없다는 걸 아는 거고요."

"그런데 민형 씨는요?"

민형은 나를 물끄러미 보았다.

"저는 다 까먹었는데요. 요만한 애들 이기고 싶어서 외우고 다니는 건 아닐 거잖아요?"

내 물음에 뜻밖에도 민형은 얼굴을 붉혔다.

"〈사우르스 레인저〉라는 게 있는데요."

듣기만 해도 어린이 시리즈 냄새가 났다. 이 사람의 얼굴이 붉어진 걸 처음 본다는 사실을 나는 조금 늦게 알아차렸다.

"어린이용 히어로 특촬물인데요. 음. 원래 좋아하던 배우가 나와서 챙겨 보다 보니까. 그게 설정이, 선한 공룡들이 악한 외계 광선을 쬐고 괴수화돼요. 그래서 악당이 다 공룡이거든요. 주인공은 정의로운 공룡의 힘을 지닌 히어로들이라서 주인공들 이름도 다 공룡이고……."

민형은 귀 끝까지 빨갛게 달아오른 채로 굳이 그걸 다 설명했다. 이런 일로 얼굴이 빨개지는 사람이구나. 같이 술을 마시

다 손이 스쳤을 때가 아니라 어린이용 외화 시리즈에 대해서 설명할 때 빨개지는 얼굴이구나. 어라? 싶은 생각이 문득 들었다. 어라. 이런 일로 얼굴을 붉히네. 어라.

이런 계기로 사람을 귀엽다고 생각하면 안 될 것 같은데.

언니는 여분 우산을 내게 넘긴 탓에 비를 조금 맞은 채로 헐레벌떡 카페에 들어왔다. 민형 씨 오랜만이에요 호호호호 그이가 민형 씨 얘기 되게 많이 해요. 부끄러웠다. 민형과 함께 있는 나를 언니가 본 게 부끄러운 게 아니고 그 반대였다. 민형이 언니의 호들갑을 유난스럽다고 생각할까 봐 부끄러웠다.

언제부터 내가 언니보다 이 사람을 더 의식하게 된 거지?

"아저씨, 주리 이모 좋아해요?"

언니가 가자고 잡아끌자 조카는 엉뚱한 질문을 했다. 민형이 꽤 마음에 든 모양이어서 안 가겠다고 고집을 피우면 어쩌나 싶었는데 더 곤란한 짓을 해버린 거였다. 언니는 민형 씨 다음에 봐요 호호호호 하고 수선을 피우며 일어났다. 카운터에서 잠깐 실랑이를 벌이길래 뭘 하나 쳐다봤더니 언니도 이쪽을 보고 있었다. 검은색 카드를 흔들어 보이며 입 모양으로 "업무 추진비"라고 하고 있었다. 오만 원짜리 호텔 카페 빙수값을 업무추진비로 처리해 조카를 돌봐준 값을 치르고 쉬는 날 불러낸 회사에 소심한 복수를 한 것이었다.

"우리 이제 뭐 할까요?"

언니도 조카도 가버리니 분위기가 다시 어색해지려는 것 같아서 입을 뗐다. 민형은 아직도 부끄러운지 양손으로 얼굴을 한번 쓸었다. 역시나 부끄러워하면서도 할 말은 다 하는 사람이었다.

"술 한잔할까요?"

그 말이 마음에 들었다.

"우리 제대로 만나볼까요?"

나의 제안에 민형의 얼굴은 〈사우르스 레인저〉 이야기를 처음 꺼냈을 때만큼 달아올랐다.

"그럴까요."

이 사람을 좋아할 수 있을지는 아직 잘 모르겠지만, 이 사람이 나를 좋아하게 하고 싶다는 마음은 들었다. 이 사람이 달달 외우고 있는 공룡들을 내가 모두 이길 수 있을까, 이긴다면 어떨까, 그런 호기심이 자꾸자꾸 돋았다.

불현듯 덕수궁 돌담길을 함께 걸으면 결국 헤어진다던데, 라는 말이 떠올랐지만, 우리는 그때 아직 연인도 무엇도 아니었으니까 괜찮을 거라는 생각도 뒤따라 들었다.

Love Makes the World Go ’Round

역 주변에는 전도자들이 많다. 전도자가 가로되 헛되고 헛되며 헛되고 헛되니 모든 것이 헛되도다. 플랫폼 벤치에 앉아 베를 기다리는 로에게 두 명의 전도자가 접근해왔다. 현대인이 인간관계에 회의감을 느끼는 이유에 대하여 설문조사를 하는 중이라고 했다. 로는 회의감을 느껴본 적이 없다고 했다. "어머, 그래요? 이유가 뭘까요?" 인간이 싫어서 인간관계에 회의를 느낄 필요도 없다고 하려는 찰나 베가 왔다.

친구들이야?

그럴 리가.

---

* 제목 "Love Makes the World Go 'Round"는 〈파워퍼프걸〉 ost 앨범 〈The Powerpuff Girls: Heroes&Villains〉에 수록된 곡 제목에서 따왔다.

베의 손을 잡고 일어나면서 로는 베가 인간이 아닐지도 모른다는 생각을 했다. 전도자들은 로와 베를 잡지 않았다. 저 사람들은 증인이야. 로가 베에게 말했다. 무엇의 증인? 베가 로에게 물었다. 우리가 방금 전까지 여기 있었다는 사실의 증인. 로의 말에 베가 다시 물었다. 그게 그렇게 중요한 일인가?

중요하지 않은 건 하나도 없어.

로와 베는 아케이드를 걸었다. 바깥의 날씨를 알 수 없어도 안전하다는 생각과 바깥의 날씨를 알 수 없어서 불안하다는 기분이 함께 있었다. 맞잡은 손에 땀이 배기 시작하자 팔로 상대의 허리와 어깨를 감쌌다. 서로의 걷기에 방해되는 느낌이 들어 팔짱으로 바꾸었다. 아케이드 끝에서 끝까지 로와 베의 자세는 여러 번 바뀌었다.

로는 위아래로 번갈아 오르내리는 베의 팔들이 크랭크 같다고 생각했다. 같은 방향으로 나란히 걷고 있는 두 사람이 벨트 컨베이어 위의 초밥 한 접시 같다고 생각했다. 왜 웃어? 아니야, 아무것도.

그런데 우리 어디 가?

우리는 오늘 의자를 살 거야.

맞아.

전날 통화에서 로는 완벽한 의자를 사고 싶다고 말했다. 베는 로가 사고 싶다고 한 것이 '죽이는 의자'라고 기억했다. 이런 식으로, 베의 기억은 때때로 사실과는 미묘하게 달라진다. 만일 베가 "아, 죽이는 의자 말이지"라고 대답했다면 로는 토라졌을 것이다. 그런 식으로, 로는 사소한 일 때문에 베에게 화를 내곤 했다. 별것 아닌 일로 말다툼을 걸고 다시는 베를 만나지 않을 것처럼 화를 낸 적도 여러 번이다. 이 대화에서는 그런 일이 일어나지 않는다. 어차피 로의 예산은 완벽한 의자를 사기에도 죽이는 의자를 사기에도 부족하기 때문이다.

직업을 물어보면 로는 생산직이라고 대답한다. 물어본 사람은 어째서인지 당황한다. 대화 상대 대부분이 그렇다. 그 후로는 로에게 별다른 질문을 하지 않는다. 로가 공장에 다닌다는 사실을 파악하는 것이 대화의 유일한 목적이었던 것처럼. 로에게 더 이상의 호기심을 갖는 것이 상당한 실례인 것처럼. 거의 모든 대화에서 로는 자기가 무엇을 만드는 일을

BREAD & COFFEE

Amelie

하는지를 말하고 싶었다. 그럴 기회는 거의 모든 대화에서 주어지지 않았다.

사실 저는요. 세계를 구성하는 요소를 만들고 있어요.

로와 베가 서로 존댓말을 쓰던 시절의 일이다. 베는 로를 한참 동안 쳐다보다가 대답했다.

그럼 신이나 마찬가지인데 왜 그렇게 연봉이 적어요?

그건 로가 자기 직업에 대해 갖고 있는 견해와 정확하게 일치하는 의견이었다. 바로 그 순간부터 로는 베가 마음에 들기 시작했지만 동시에 그가 뻰뻰하다는 인상도 받았다. 대학생인 베는 로보다 더 돈이 없었다.

그렇지만 돈은 신이 만든 게 아니잖아요.

로는 이렇게 대답했지만 베의 기억은 다르다. '신이나 마찬가지지만 신은 아니잖아요.' 베는 자기의 기억이 왜곡되는 이유를 잘 설명하지 못한다. 로의 회상과 대조하기 전까지는 자기의 기억이 미묘하게 다르다는 것도 모른 채로 지나간다. 애초에 적당히 왜곡된 기억 속의 로와 실제의 로는 크게 다르지도 않다.

네 머리는 평행우주 같아.

로는 이렇게 말한 적이 있다. 베는 로의 말이 다소 이상하다고 생각하면서도 그 말에 매료되었다. 어떤 우주에서 로는 지난 데이트에 그린티라테 대신 바닐라라테를 마셨을 것이다. 두 사람은 화요일 오후가 아니라 토요일 오전에 처음 만났을 것이다. 베의 기억은 무수히 많은 다른 우주의 로들로 구성되어 있는 거라고, 로는 말하고 싶었던 것이다. 로는 자기가 어떤 설명을 부연하지 않아도 베가 자기 말의 뜻을 안다는 사실에 충족감을 느꼈다. 물론 이 말에 대한 베의 기억 또한 로가 실제로 했던 말과는 다르다. 베는 로가 '너는 평행우주 세계관 같아'라고 한 것으로 기억하고 있다.

아케이드의 끄트머리는 제약 회사 빌딩과 연결되어 있었다. 빌딩 지하에 자세교정의자 체험 매장이 있었다. 베는 받침이 엉덩이처럼 갈라진 자세교정의자가 망측하게 생겼다고 생각했다. 로는 베가 웃음을 참고 있다는 사실을 알았다. 로와 베는 나란히 체험용 의자에 앉았다.

대체 어디서 이렇게 이상한 의자를 알아온 거야.

이게 그렇게 좋대. 원래는 안마의자를 사고 싶었는데…….
안마의자는 막 백만 원 이백만 원 하잖아. 교정의자랑 안마기를 따로 사면 합쳐도 백만 원이 안 되는데.

베는 끝내 웃음을 터뜨렸다. 내 말이 웃겨? 로가 눈을 부라리는데도 웃음을 멈출 수 없었다.

아니, 교정의자라고 단숨에 허리가 좋아지는 건 아니잖아.
근데 앉자마자 엉덩이가 정확히 두 쪽으로 되어 있다는 건 엄청 실감 난단 말이야.

그 말에 로도 웃지 않을 수 없게 되었다. 다른 손님을 응대하던 판매원이 두 사람을 흘깃 쳐다보았다.

이 의자 살 거야?

아니.

그럼 빨리 가자.

두 사람은 누가 먼저랄 것 없이 일어나 밖으로 나왔다. 누군가 잡으러 오기라도 할 것처럼, 말없이 손을 잡고 빠르게 걸었다. 한참 만에야 베가 먼저 입을 열었다. 의자 못 사서 어떡해.
그다지 필요하지도 않았어. 로가 대꾸했다. 완벽한 의자도 아니고 죽이는 의자도 아니지만 비싼 의자였다.

웃기는 의자였어.

로가 말했다. 비싼 의자를 웃기는 의자로 기억하게 하는 것이 베의 재능이라고 로는 생각했다. 맞잡은 손에서 땀이 만져졌다. 로는 베의 손을 놓고 팔짱을 꼈다.

돈 굳었으니까 맛있는 거 먹자.

뭐 먹고 싶은데?

이상하게 아까부터 초밥이 먹고 싶네.

저쪽에 푸드 코트 있던데 가볼까?

빙글빙글 도는 거 먹자. 내가 살게.

근처에 회전 초밥 있어?

있을걸. 오는 길에 본 것 같은데.

그랬나. 베는 로의 어깨를 감쌌다. 두 사람 중 누구의 집과도 가깝지 않은, 긴 아케이드가 있는 지하철역에서 만나 의자를 사지 않은 날에 대한 베의 기억은 머지않아 뒤죽박죽이 될 것이다. 그 때문에 로는 언젠가 베를 미워할 수도 있다. 일어날 수도 있고 일어나지 않을 수도 있는 일이다.

아, 저기 초밥 가게.

모퉁이를 돌아 베가 가리킨 방향에는 정말로 회전 초밥 가게가 있었다. 베는 로의 기억력에 감탄했지만 로 또한 거기에 정말 초밥 가게가 있었는지 확신하지는 못했다. 로는 자기가 베에게 초밥을 먹이고 싶어 했기 때문에 그 자리에 초밥 가게가 방금 생겨난 거라는 생각을 했다. 그것만이 불완전하고 변화무쌍한 우주가 운영되는 방식이라는 사실을 아무런 의심 없이 믿었다. 우주에 기억해야 할 의자라곤 단 하나도 남아 있지 않은 것처럼.

아이디는 러버슈

이십대 때 곰신 해보신 분 계세요?ㅠㅠ

카페에 가입하자마자 제일 먼저 본 글의 제목이 하필 그랬다. 말하자면 그건 그 카페의 중심 생각, 카페를 이룬 회원들이 누구나 품고 있을 기묘한 망연함 같은 것일 터였다. 글쓴이는 한창 대학 동기들이며 또래들이 군대에 가던 이십대 초중반에도 처해본 적 없는 입장에 삼십대가 되어서야 발을 들였다는 것을 도대체 믿을 수가 없다고 하소연하고 있었다. 내 생각과 마음이 바로 그러했다. 아니 안 기다리겠다는 게 아니라, 내가 기다리는 게 이상하지 않은가, 그런 생각이 자꾸 들고, 애인이 훈련소 입소한 이후로는 어째 혼자 있을 때조차, 그러니까 나의 존재 자체가 어색해진 느낌이었다. 삼십대 곰신이라니…….

그런 게 존재하는지 궁금해해본 적조차 없는 개념인데, 그게 나라니. 그런 와중에 본 그 글은 울란바토르 공항에서 혹시 한국분이세요, 라는 말을 들은 것만큼 반가웠다. 저도 그게 늘 궁금했어요! 이십대 때 군인 남친을 기다려본 사람은 이게 쉬운지 알고 싶었다고요.

어쩜 댓글들까지도 다 내가 쓴 것마냥 친숙했다. 심지어는 곰신 경험이 이미 있는 사람들의 댓글까지도 그랬다.

전 여대 나왔구 주변에 곰신 해본 사람도 없어서 솔직히 곰신이 고무신의 줄임말인 거 삼십 넘어서 알았어요. 군인 여친이 변심하는 거 고무신 거꾸로 신는다고 하는 것만 알았지 군인 여친을 고무신이라고 부르는 것도 몰랐구요. 그동안 귀신같이 군필만 골라서 사귀었는데 어쩌다 연하를 만나가지구.

이십대 때는 미니홈피 프로필로 디데이 세면서 곰신 했어요. 이젠 어디 가서 곰신이란 말 못 하죠. 우리 꾸나가 부끄러운 건 아니지만 걔는 걔고 저도 이제 사회적 위신이라는 게 있는 나이잖아요.

저기 죄송한데 꾸나가 뭐예요? 군인을 꾸나라고 불러요?

아, 꾸나는 군화를 좀 귀엽게 부르는 말이에요. 가입한 지 얼마 안 되셨나 봐요. 우리처럼 기다리는 사람을 곰신=고무신이라고 하고 군대 간 사람을 꾸나=군화라고 하죠.

전생에 무슨 죄를 지으면 곰신질을 두 번이나 할까요. 근데 제가 바로 그 전생의 죄인이라는 거.

저는 세 번째인데요ㅋㅋㅋㅋ 아직 꽃신 한 번도 못 신어본 게 함정. 제 탓은 아님.

헐 위에 곰신 세 번 하신 자기님 썰 좀 풀어주세요. 저도 세 번째예요. 맨 처음엔 꽃신이었는데 꽃신 신고 똥차 타서 뭐 해요. 전역하자마자 바람났어요.

문맥상 꽃신은 기다리던 군인이 전역하는 것을 이르는 말이겠고, 이 카페에선 회원들끼리 서로 자기라고 지칭하나 보군. 카페 이름이 아기자기여서 그런가? 자기님이라니 다소 오글거리긴 하지만 전에 가입했던 카페에서 쓰는 "공주님"이라는 호칭보다는 그나마 쓸 만한 것 같고……. 하긴 오글거리는 걸로 치면 카페 이름부터가 아름다운 기다림, 자랑스러운 기다림 아.기.자.기. 잖아. 살짝 짜치긴 하지만 삼십대 전용 곰신 커뮤니티가 여기밖에 없으니 감수해야지 뭐.

가입 인사를 남기고 게시판을 하나하나 살펴보는 동안, 이십대 회원이 주류인 초대형 곰신 커뮤니티에서는 도통 경험한 적 없는 소속감을 느꼈다. 애인이 군대에 갔다고 주변에 알리니 당연하다는 듯 이제 결혼할 사람 만나야지, 내가 소개해주는 남자를 만나봐, 한다는 고민 상담 글부터 어차피 폐기해야 할 소포 상자에 그림을 그리고 마스킹테이프를 붙여 꾸미는 문화에는 도무지 적응이 안 된다며 이십대 곰신들을 은근히 후려치는 뒷담화 글까지, 솔직히 내 마음 같지 않은 글이 없었다. 첫 만남 이야기를 나누는 게시판을 보니 나와 내 애인처럼 대학생과 대학원생 조교로 만난 커플이 많은 점이 특히 좋았다. 여기에서만큼은 주류가 된 것 같은 기분이 들었다. 애인이 훈련을 수료하고 자대배치 발표가 뜰 즈음, 나도 마침 아기자기 카페에 가입했다는 것이 무슨 계시처럼 느껴지기도 했다. 아, 여기야말로 내 자리겠구나. 여기서라면 나의 기다림을 숨길 일도, 부끄럽게 여길 일도 없겠구나.

심지어 갓 삼십대가 된 나는 아기자기 회원들 중 어린 축에 속했다. 용돈이나 아르바이트 급여를 쫌쫌따리 모아가지고 산 과자를 하나하나 뜯어 개별 포장해서 기영이(왜일까? 〈검정 '고무신'〉의 주인공이어서일까?) 캐릭터를 크게 그려넣은 상자에 담고 전역까지 남은 기간을 써서 부치는 등 스물한두 살짜리 곰신들의 문화에는 적응하려야 적응할 수가 없었지만, 서른한두 살 먹은 자기님들의 고급진 선물 센스는 너무나 배우고 싶고 본받고 싶고 따라 하고 싶은 모든 것이었다. 덕분에 내가 저기가 아니라 여기에 속한다는 것이 마침내 다행으로 느껴지기 시작했다.

물론 곰신 문화의 주류인 이십대와 아기자기 카페의 삼십대 곰신들을 비교하는 글이 올라오면 댓글로 매번 소란이 일어났지만 아기자기 카페에서는 말싸움조차도 우아하게 했고, 나 또한

서로 비교하는 것은 좋지 못한 것 같아요. 세대만의 매력이 있는 거죠. 이십대 곰신님들 문화도 귀엽고 정성스러운 면 인정해요 :)

같은 댓글을 달며 중립적인 태도를 내세우는 척했으나 속으로는 누구보다도 심하게 이십대 곰신 문화를 무시하고 있었다. 이십대 곰신 문화에 도저히 적응할 수가 없어서 삼십대 전용 카페를 찾아온 건 나도 다른 회원들과 마찬가지였으니까. 카페에서의 이런 작은 소란들은 어쩐지 일상에도 묘한 활기를 불어넣어주어서 나의 애인, 내 꾸나도 통화할 때마다 누나 요새 뭐 좋은 일 있어요? 목소리가 늘 밝네, 하며 반가운 내색을 해왔고, 꾸나의 그런 반응은 아기자기 카페에 가입하길 잘했다는 내 생각에 힘을 보태주었다.

고무갓 님 말씀에 동의해요. 그리고 아기자기에 이십대 때 곰신 해보신 자기님도 꽤 계신 것 같은데, 이십대 문화를 우습게 여기면 우리 자기님들의 과거도 비웃는 게 되지 않을까요? 해보신 분들은 알 거예요. 그때는 돈이 없었고, 지금은 시간이 없잖아요. 다 각자 부족한 부분이 있고 충분한 부분이 있으니까, 충분한 걸로 부족한 부분을 커버하는 거죠. 그런 점에선 이십대 곰신 문화나 삼십대 곰신 문화나 똑같다고 생각해요.

중립적인 태도는 솔직히 비겁한 것 같다며 은근히 저격을 당하고 있던 내 댓글에 동감한다고 말해준 자기님은 First Class, 일명 퍼클이라고 불리는 유명한 회원이었다. 사실 겉으로만 중립인 척한 것이어서 중립이라고 저격을 당해도 별 생각이 들지 않는 참이었는데, 그런데도 퍼클 님이 내 편을 들어준다 생각하니 어쩐지 가슴이 뭉클해졌다. 퍼클 님이 편을 들어준 이후로는 분위기가 완전히 환기되어 솔직히 이십대 곰신들은 삼십대 곰신들 문화가 어떤지 전혀 신경 쓰지 않는데 괜한 콤플렉스에서 비교를 하게 되는 것 아니냐, 나이가 한 살이라도 많은 우리가 좀 더 어른스럽게 생각했어야 한다 등 실로 어른스러운 자정 의견들이 나왔고, 이 일은 내가 안 그래도 멋지다고 생각하고 있던 퍼클 님을 한층 더 우러러보는 계기가 되기에 충분했다.

퍼클 님은 닉네임 그대로 일등급, 일등석 회원이었다. 기념일이며 진급일, 특별한 일 없이도 꾸나에게 보내는 선물 하나 하나가 다 고급스럽고 멋져서 만약 내가 퍼클 님의 꾸나라면 거짓말 조금 보태서 군대에 두 번 가도 상관없겠다는 생각마저 들게 하는, 그런 자기님. 멋진 선물을 준비하는 사람들은 퍼클 님 말고도 많았지만 얌체같이 좋은 선물을 합리적인 가격에 구할 수 있는 곳을 자기만 알고 남한테는 알려주지 않는 자기님들도 많은 반면, 퍼클 님은 반드시 선물 구입처를 밝히는 미덕까지 갖추고 있었다. 쇼핑, 특히 인터넷 쇼핑에 별 취미가 없던 나 같은 사람에게는 강 같고 바다같이 은혜로운 정보들이 아닐 수 없었다. 요란한 데 없이 세련됐으면서도 직접 사용해본 사람 특유의 진정성 있는 후기는 퍼클 님이 꾸나에게 선물한 것을 나도 내 꾸나에게 마련해주고 싶다는 충동을 느끼게 했으며, 하다못해 올리는 글이나 댓글마다 맞춤법 하나 틀린 데가 없고 이모티콘을 많이 쓰지도 않는데 젠체하는 느낌이 들지도 않고 하여간 어떻게 이런 사람이 다 있나, 나중에 혹시나 애를 낳으면 가정교육을 이 사람한테 대신 해달라고 하고 싶다, 그런 생각을 하게 하는 사람이 바로 퍼클 님이었다. 그리고 다른 누구도 아닌 그 사람이 내 편을 들어준 것이었다.

고마워요 퍼클 님. 안 그래도 저 퍼클 님 따라서 자대배치 선물로 에어팟 사줬는데 제 꾸나가 진짜 좋아했어요.

나는 퍼클 님이 들을 리 만무한 혼잣말로 감사 인사를 전했다.

내 꾸나는 이제 갓 훈련소 과정을 수료하고 나온 햇병아리지만 퍼클 님의 꾸나는 상병 진급을 앞두고 있는 점도 그저 우연만은 아닌 것 같았다. 나와 퍼클 님의 거리가 꼭 그 정도, 이등병과 상병 정도의 차이가 있는 것처럼 느껴졌고 시간이 흐르면 꾸나가 자연스럽게 진급하고 전역하는 일이 그렇듯, 시간의 흐름과 함께 나도 레벨 업 해서 퍼클 님처럼 멋진 어른이 될 수 있을 것 같은 느낌이 들었다. 말하자면 사이버 롤 모델이라고 해야 할까. 퍼클 님이 지금까지 꾸나에게 무슨 선물을 해왔는지를 검색해보고 하나하나 따라가볼 작정이 들었고, 그와 함께 나에 대한 꾸나의 마음은 갈수록 깊어질 것이라는 확신도 들었다.

실상 묘하게도 곰신 문화에 적응해갈수록 선물이, 편지가, 기다림이 간절한 만큼 오히려 기다림의 대상인 꾸나는 뒷전이 되고 있었다. 꾸나의 반응은 누나 고마워요, 잘 쓸게, 다들 부러워하고 있어, 사랑해 정도로 어차피 고정되어 있는 반면, 아기자기 카페의 자기님들은 내가 편지와 선물에 어떤 정성을 쏟았는지를 낱낱이 알아주었기 때문이다. 어떤 옵션들을 적용해서 커플 커스텀 굿즈 제작 기획을 넣었는지, 예상 견적과 실제 견적의 차이는 어느 정도였는지, 배송 수단을 어떻게 해서 기념일에 맞게 선물을 보낼 수 있었는지 등, 내가 심혈을 기울인 모든 부분을 빠짐없이 댓글로 언급하고 칭찬했다. 그러니 선물을 꾸나에게 보내는 것보다 그 과정을 하나하나 사진과 동영상으로 기록해 아기자기 카페에 올리는 과정에 더 공을 들이게 되는 것은 자연스러운 일이라고 할 수 있었다. 그렇지만 이 사실을 의식하게 되자 기다림 자체보다 이 기다림을 전시하는 일에 내가 중독되고 있음을 인정하지 않을 수 없게 되었고, 이 깨달음이 꾸나에게 미안한 마음으로 바뀌었으며, 미안한 마음을 보상하느라 더욱 선물에 공을 들이는 바람에 결과적으로는 더더욱 정성스러운 후기 글을 쓰게 되는, 오묘하고 완벽한 순환이 이루어지게 되었다. 애초에 나 같은 삼십대 곰신에게는 동기부여가 아무래도 부족하게 마련이어서, 동기를 오기로, 오기를 또래의 응원으로 보충하는 메커니즘이라고 할까.

엔딩 크레디트에 땡스 투를 쓰듯이 "굿즈 제작 정보는 First Class 님 글을 참고했습니다 :)"라는 마지막 문장을 쓰고 또 다른 후기를 올렸다. 퍼클 님의 후기를 보고 따라 산 물건은 아마 이게 마지막이 될지도 모른다고 생각하면서. 실시간으로 칭찬 댓글이 올라왔지만 우울해서 답글을 달 수가 없었다. 퍼클 님이 준비한 선물과 이벤트 후기들을 전부 따라 하고 싶다는 생각이 변한 것은 아니었다. 현실을 직시하게 된 것이었다. 조교 월급과 번역 알바 수입만으로는 퍼클 님의 선물 규모를 완전히 따라잡을 수가 없었다. 카페에 도는 소문으로는 승무원이라는 모양인데 승무원이 돈을 그렇게 많이 버나? 따라가다 가랑이가 찢어질 지경이 되어서야 아 나는 뱁새고 저 사람은 황새구나, 를 뒤늦게 깨닫게 된 것 같았다.

몇 번이나 봤던 퍼클 님 후기를 다시 검색해 회원 정보를 클릭하고 쪽지창에 며칠을 고민해온 메시지를 썼다.

퍼클 님 안녕하세요 고무갓이라고 해요. 후기들 잘 보고 있어요. 다름이 아니고, 전역 선물로 어떤 것 생각하고 계신가 궁금해서요. 제 꾸나가 퍼클 님 꾸나보다 나중에 전역하는데, 퍼클 님 전역 선물 참고하고 싶고, 그래서 미리 반년 적금이라도 들어놓을까 해서요.

퍼클 님 역시 실시간으로 댓글을 달고 있는 것으로 보아 카페에 접속 중인 것 같았지만 답장은 오지 않았다. 하긴 나 같아도 갑자기 이런 질문 받으면 당황스럽겠다, 생각하며 마음을 접기로 했다. 조금 아쉽기도 했지만, 충분히 그럴 수 있다는 생각이었다. 잊고 지내는 사이 어느 날 짠 하고 답장이 올 수도 있는 거니까. 훈련소 시절 꾸나가 보내온 편지들처럼.

당장에 내 경제적 상황이 휘청거리는 것은 퍼클 님의 후기 중 하나인 바디프로필 촬영 패키지를 따라 산 탓도 컸다. 바디프로필 글은 퍼클 님의 레전드 후기 중 하나였다. 주민등록증 사진을 카페 운영진에게 보내 여성 인증을 해야만 접근할 수 있는 "29금 구역" 게시판에서만 볼 수 있는 글로, 꾸나의 전역이 딱 1년 남은 시점에 자체 제작 전역일 디데이 달력을 만들고 거기에 본인의 바디프로필 사진을 실어서 200개가 넘는 댓글 반응을 이끌어낸 전설적인 후기였다. 달력 사진으로 쓰인 퍼클 님의 바디프로필은 얼굴이 잘려 있었지만 몸매만큼은 소주 광고지에 실린 여자 연예인들의 사진처럼 완벽했다. 같은 여자인 내가 봐도 부럽다는 생각보다 '와 섹시하다' 하는 생각이 먼저 들었다고나 할까.

200개가 넘는 댓글들이 전부 선플이라고 할 수는 없었다. 가령 너무 야해요, 이만한 사이즈 달력은 퍼클 님 꾸나만 보는 게 아닐 텐데 생활관에서 퍼클 님 사진 성적 대상화 발언 나오거나 하면 퍼클 님 꾸나도 속상하지 않을까요, 이렇게 걱정해주는 척하면서 은근히 멕이는 듯한 댓글들도 많았다. 그런 한편 몸매도 완전 부럽고 이런 선물 받는 퍼클 님 꾸나도 부럽네요, 29금 게시판에서 제일 건전한 글 같은데 뭐가 야하다는 건지 모르겠네요, 부러우신 분들 그냥 부럽다고 하세요 돌려 말하는 게 오히려 없어 보여요ㅋㅋㅋ, 이렇게 멕이는 댓글에 멕이는 반응도 있었다. 29금 게시판은 원래 휴가나 외박을 나온 꾸나와 밤을 함께 보낼 때 무슨 옷을 입을지, 어떤 이벤트를 해줄지에 대한 이야기를 올리거나 피임과 관련된 고민 글을 올리는 곳이었기에 사실 퍼클 님의 후기 글은 게시판 성격에 맞지 않는 면이 있었지만, 여성 인증을 해야 볼 수 있는 곳인 만큼 회원 본인의 노출 사진을 올릴 수 있는 유일한 게시판이기도 해서 더욱 찬반양론이 격렬하게 나뉘는 듯했다. 나는 양쪽 말에 다 일리가 있다고 생각했지만, 그 글이 거기에 있는 게 맞고 틀리고를 떠나 퍼클 님이 후기 말미에 쓴 멘트에 결국 지갑을 열고 말았다.

보통 '기둘력' 제작할 때 추억 되새길 겸 예전에 찍은 커플 사진들 넣으시잖아요. 사실 저도 그렇게 할까 고민했구요.

그렇지만 운동해서 몸 만들 수 있는 시기가 이제 많이 남아 있지 않다는 생각도 들었고, 이번 일을 계기로 만들어둔 조각 같은 몸은 남한테 주는 게 아니라 나 자신한테 남는 거잖아요 :)

꽃신 신고 나서도 계속 뿌듯할 거구요. 저에게도, 저의 꾸나에게도.

자기계발을 게을리하지 않는 곰신이 결국 꽃신 신는다고 생각해요.

이 몸은 누구에게 선물하는 게 아니고 내게 남는 것이고, 이런 몸을 만들 수 있는 시기가 이제 그렇게 남아 있지 않다. 그 말이 너무도 와닿아서 그만 홀린 듯이 후기 맨 끝에 나와 있는 업체 정보로 연락을 넣었고 퍼스널트레이닝 30회권과 바디프로필 촬영이 포함된 패키지를 12개월 할부로 질렀다. 수도권 곳곳에 지점이 있는 대형 피트니스센터여서 상담 후 학교 근처 지점 트레이너를 배정받았고 첫 세션 후 재차 상담한 결과, 현재 몸 상태로는 30회 피티를 받아도 바디프로필 촬영이 불

가할 것 같다는 의견을 들어 2개월 센터 이용권과 피티 10회권 비용을 따로 더 결제했다. 추가 결제한 이용권은 저축해둔 돈을 박박 긁어 낸 것인데 결과가 바로 나오는 일도 아니어서, 꾸나에게 당장 뭔가를 보낼 수 있는 경제적인 여유가 더는 남지 않았다는 사실에 새삼 당황했지만, 이 몸은 나에게 남는 것이라는 퍼클 님의 명언을 되새기며 마음을 다잡았다. 내 피 같고 뼈 같은 돈을 쓴 만큼 헛되이 하지 않으리라는 정신으로 피티에 집중하는 동안에 또다시 나의 꾸나가 약간 뒷전이 되고 말았다는 사실을 깨달은 것은 조금 나중의 일이었다.

폭로 글이 올라온 것은 트레이닝을 4, 5회 받았을 때, 그러니까 피트니스센터에 한 달가량 나갔을 무렵이었다.

가짜 곰신 First Class를 고발합니다.

내가 카페에 접속했을 때 원본 글은 이미 사라지고 없었지만 다른 자기님이 본문을 캡처해 "퍼클 폭로 원본 지킴이"라는 제목으로 올려둔 참이었다. 캡처 속 글쓴이는 자기가 퍼클 님의 꾸나'였다'고 주장하고 있었다.

First Class(본명 서보×)는 바람을 피운 것을 저에게 들켜 제게 이별 통보를 받은 지 수개월이 지났음에도 본인의 이득을 위해 계속해서 곰신 행세를 하며 아기자기 카페의 회원 여러분을 기망하였습니다.

요약하면 퍼클 님이 더 이상 곰신이 아니면서도 여러 업체에서 소정의 리뷰비를 받으면서 계속 금전적 이득을 취해왔고 그 수익을 위해 계속해서 곰신 행세를 해왔다는 이야기였다. 일단 그렇게 쓰여 있길래 쓰여 있는 대로 읽기는 읽었지만 이해는 도통 되지 않았다. 대체 어떤 사람이 본인의 이득을 위해 곰신 행세를 한단 말인가? 곰신이라는 지위 또는 상태에 어떤 이득이 있단 말인가? 막 가입한 회원이라도 글을 남길 수 있는 가입인사 게시판에 올라왔다가 삼십 분 만에 운영진에 의해 삭제되었다는 이 글의 저자는 정말로 퍼클 님의 꾸나일까? 꾸나'였던' 사람이 맞을까?

내가 혼란을 느낀 만큼 카페 자기님들도 모두 흥분한 것 같았다. 퍼클 님이 그럴 리 없다고 생각하는 자기님들도 적지 않았지만, 지금 논란 있는 그 사람 그럴 줄 알았다, 그 사람 싸고 돌던 시녀들 지금 기분 어떨지 궁금하다, 일단 퍼클 님이 후기 썼던 업체들에도 해명 요구해야 하는 것 아니냐, 매분 매초 퍼클 님과 관련된 새 글이 쏟아지고 있었다. 승무원은 무슨. 화류계 의심돼요. 일단 시간이 많으니까 그렇게 자세히 후기 썼겠죠. 명품도 되게 밝히지 않았어요? 근데 화류계치고 맞춤법 되게 잘 지키지 않았나요ㅋㅋ 그런 글들도 아무런 필터 없이 올라오고 새 글에 묻혀 넘어가버렸다.

그러고 보면 퍼클 님은 다른 자기님들이 하듯 SNS 친구를 구하며 자기의 개인정보를 올린 적도 없어서, 내 안의 퍼클 님 이미지는 그냥 이상적인 삼십대 곰신 그 자체, 그뿐이었다. 사실 그게 아니었다고 하면 그 사람은 그냥 완전한 익명이 되는 것이었다. 사실은 그런 사람이 없었을 수도 있는 것이다. 바이럴마케팅 업체가 가상으로 만들어낸 인격체였는지도 모른다. 목 위가 잘린 바디프로필 사진이 정말 퍼클 님,

본명 서보× 님의 사진인지 다른 사람 사진을 도용한 것인지도 알 수 없는 노릇이다. 그럴지도 모른다는 강한 의심을 느끼면서도, 계속 퍼클 님을 믿고 싶다는 마음 역시 나는 품고 있었다. 더 이상 곰신이 아니면 어때. 그냥 삼십대 여자면 어때. 나는 당신의 센스를 믿었다고요. 당신 같은 사람이 되고 싶었다고요.

경황이 없어 뒤늦게야 쪽지함에 초록색 불이 켜져 있는 것을 알았다. 새 쪽지가 있다는 신호였다. 혹시 퍼클 님일지도 몰라. 황급히 쪽지함을 클릭해보았지만 새 쪽지는 퍼클 님으로부터 온 것이 아니었다. 퍼클 님에게 보냈던 쪽지를 다시 열어보니 "더 이상 존재하지 않는 회원입니다"라는 시스템 메시지를 마지막으로, 입력창에 커서를 찍을 수 없게 바뀌어 있었다.

새 쪽지는 알파벳과 숫자를 랜덤으로 배열한 아이디 이용자로부터 온 것이었다. "리뷰 제안 드립니다"라는 문장으로 시작하는 그 쪽지는 삼십대 곰신들에게 인기가 있을 법한 업체의 서비스를 무료로 이용하고 그 후기를 카페에 올린 후 소정의 리뷰비를 받을 생각이 있냐는 내용을 담고 있었다.

너도 한번 퍼스트 클래스가 되어보지 않겠냐고 묻고 있는 것 같았다.

우유병

한남동에 대한 이야기를 짧게 써달래.

누가?

<월간 윤종신>.

윤종신이 그런 것도 시켜?

그렇대.

부동산 소설을 써달라는 거야?

배경이 한남동이거나 주인공이 한남동 출신이거나 지금 막 한남동으로 가는 길이거나.

역시 부동산이네.

기왕이면 잘 쓰고 싶어.

왜?

잘 보이고 싶어.

누구한테?

윤종신한테.

존나 속물 같은 소리다.

우유병이야. 우유병.

그게 뭔데?

그 얘기 있잖아. 어떤 여자애가 우유를 팔러 시장에 가. 이른 아침 갓 짜낸 신선한 우유 동이를 머리에 이고 먼 길을 가야 해. 졸리고 힘들겠지만 걘 기분이 나쁘지 않아. 왜냐하면 멋진 상상을 하고 있거든.

어떤 상상?

이웃 소를 돌봐주고 얻은 이 우유를 팔아서 병아리를 한 쌍 사야지. 정성껏 길러서 알을 잔뜩 낳게 해야지. 몇몇은 품어서 병아리를 까고 나머지는 팔고, 그래서 닭을 여러 마리 만들어야지. 그럼 알을 더 많이 낳겠지.

그 얘기 알아.

더 들어봐. 그래서 달걀을 자꾸자꾸 팔아서 소를 사야지. 그럼 그때부턴 이웃에서 우유를 얻어다 팔 필요도 없겠지. 그럼 내 소랑 닭들을 밑천 삼아서…….

안다니까. 그 얘기랑 너랑 무슨 상관이야.

내가 이번에 존나 개쩌는 소설을 써서 보내는 거야. 윤종신이 볼지도 모르니까. 아니다, 볼걸. 언제가 되든 보긴 볼 거야. 시간문제지.

그래서?

종신 님이 막 엄청 좋아하고 이 작가 한번 만나보고 싶다고 하는 거야.

종신 님이래. 미치겠다.

매거진 에디터님 통해서 한남동으로 한번 놀러 오시라고 연락이 와. 그럼 나는 몇 번 빼야지. 품위가 있고 가오가 있으니까.

지금 말하는 거 보면 그런 거 하나도 없어 보여.

그쪽은 어쨌든 내가 지금 이러고 있는 거 모르잖아. 아무튼 기어이 만나서 맛있는 거 먹고 술도 가볍게 한잔하고, 노래방에도 가는 거야.

한남동에 노래방 있어?

없겠어? 거기도 사람 사는 데잖아.

검색해보니까 엄청 부자 동네 같은데. 부자들도 노래방 다녀?

고급 노래방 가지 않을까?

아무튼 그래서. 고급 노래방이 있다고 치고.

나는 또 몇 번 빼다가 못 이긴 척 한두 곡 뽑는 거야. 근데 종신 님이 와, 작가님! 노래도 진짜 잘하신다. 작가만 하기엔 너무 아까운데요, 이러는 거야.

그래. 참 그러겠다.

여기서부터가 진짜 중요해. 칭찬받고도 별생각 없는 척 표정관리를 잘해야 되거든. 아, 네. 아니에요. 무슨 그런 말씀을. 내가 그러겠지. 근데 종신님이 아니, 빈말 아니고 피처링 한번 하세요. 이러는 거야.

너 노래 그 정도로 잘하진 않아.

알아. 그쪽이 한 말은 당연히 예의상 나온 거겠지만, 난 그 순간, 동요한 티를 전혀 내지 않으면서 수줍게, 한번 해보고 싶긴 해요. 그러는 거야. 그럼 말 꺼낸 쪽이 난처해질 거 아냐. 그럼 난 아…… 죄송해요. 제가 또 농담 진담 구분을 못 하고……. 이럴 거야. 그럼 어쩔 수 없이 한 번은 시켜줄 수도 있잖아. 우리나라 사람들 그런 거 있잖아. 다음에 밥 한번 같이 먹어요, 이러는 사람한테 정색하고 언제요? 어디 가서 뭐 먹을 건데요? 저 월요일에 쉬어요, 이러면, 속으로 뭐야 하면서도 하는 수 없이 그럼 월요일에 만나자고 하잖아.

진짜 널 어쩌면 좋냐.

근데 또 이게 대박이 나버리네. 본의 아니게 소설보다 음원으로 유명해져버려. 막 예능 출연도 하고.

너 예능 나가서 이런 소리 하면 악플 팔만대장경처럼 달린다.

그런 건 됐어. 그때쯤 되면 대형 로펌에서 따로 관리해줄 거야.

병이 깊구나.

이게 우유병이야. 우유 파는 여자애가 우유 팔면서 머릿속에 선 소 한 마리 벌써 장만한 애기. 왜 인터넷에 보면 어떤 사람들은 좀 맘에 드는 사람하고 손끝만 스쳐도 헉…… 영어유치원 알아봐야 하나? 이런다고 하잖아.

그건 또 뭐래.

헉. 방금 손 스친 거 맞지? 번호 물어보면 어떡하지? 사귀면 얼마 만에 뽀뽀하면 되지? 상견례는 한정식이 괜찮겠지? 아이는 하나를 낳더라도 잘 키우고 싶은데 영어유치원 시세가 어떻지?

너 나랑 처음 만날 때도 그런 생각 했어?

아무튼 한 1년 바짝 땡겨서.

왜 말을 돌려, 그런 생각 했어 안 했어?

1년은 무리려나? 몇 년 소처럼 일해서 한남동에 집을 사는 거야.

좋네.

좋지.

그러면 결국 부동산이네.

그러네, 얘기가 그렇게 되네.

진짜로 한남동에 집 있으면 좋겠다.

내가 원고료 받으면.

원고료 그렇게 많이 줘?

집은 못 사도 우유는 한 병 사줄게.

이제 병우유 안 팔잖아.

그러네. 그럼 한 팩 사줄게.

병우유가 맛있었는데 왜 없어졌을까.

언젠가 한남동도 없어지겠지.

얘가 또.

한남동 없어지면 한남동에 있던 내 집은 어떡해?

또, 또.

근데 어차피 그쯤 되면 나는 죽고 없겠지?

그럴 가능성이 높겠지?

그때까지 너랑 사귈까?

너 나랑 사별하고 싶어?

그런 것 같아.

나도 그런 것 같아.